РАНЕЕ ВЫШЛИ:

Дневник слабака

Дневник слабака. Родрик рулит

Дневник слабака. Последняя капля

Дневник слабака. Эту книгу сделай сам

Дневник слабака. Собачья жизнь

Дневник слабака. Неприглядная правда

Скоро выходит:

Дневник слабака. Грег Хэффли покоряет Голливуд

ДНЕВНИК СЛАБАКА

ПРЕДПРАЗДНИЧНАЯ ЛИХОРАДКА

Джефф Кинни

Издательство АСТ

Москва

УДК 821.111-31(73)
ББК 84(7Сое)-44
К41

JEFF KINNEY
DIARY OF A WIMPY KID
CABIN FEVER

Кинни, Джефф.
К41   Дневник слабака. Предпраздничная лихорадка : [повесть] / Джефф Кинни ; [пер. с англ. Ю. Карпухиной]. — Москва : Издательство АСТ, 2019. — 224 с. — (Дневник слабака).

ISBN 978-5-17-107275-9

У Грега Хэффли большие проблемы. Нанесён ущерб школьному имуществу — и Грег главный подозреваемый. Но ведь он невиновен! Ну, почти. Его вот-вот разоблачат, но тут случается непредвиденное: из-за снежной бури Грег с семьёй застревает в собственном доме и временно не может посещать школу. Наверное, это и к лучшему, только есть ли наказание ужаснее для мальчишки, чем маяться в четырёх стенах вместе с надоедливыми родственниками?

УДК 821.111-31(73)
ББК 84(7Сое)

Литературно-художественное издание (Әдеби-көркем басылым)
Для среднего и старшего школьного возраста

Джефф Кинни
ДНЕВНИК СЛАБАКА
Предпраздничная лихорадка

Заведующий редакцией Сергей Тишков, ответственный редактор Лианна Акопова
технический редактор Татьяна Тимошина, корректор Тамара Остроумова, верстка Юлии Анищенко

Подписано в печать 20.12.2018. Формат 60x84 ¹/₁₆. Печать офсетная. Бумага классик.
Гарнитура «ALS Dereza». Усл. печ. л. 13,07. Доп. тираж 3000 экз. Заказ №132

Произведено в Российской Федерации. Изготовлено в 2019 г.

Изготовитель: ООО «Издательство АСТ»
129085, Российская Федерация, г. Москва, Звездный бульвар, д. 21, стр. 1, комн. 705, пом. I, этаж 7
Наш электронный адрес: WWW.AST.RU. Интернет-магазин: book24.ru

Общероссийский классификатор продукции ОК-034-2014 (КПЕС 2008); 58.11.1 – книги, брошюры печатные

Өндіруші: ЖШҚ «АСТ баспасы»
129085, Мәскеу қ., Звёздный бульвары, 21-үй, 1-құрылыс, 705-бөлме, I жай, 7-қабат
Біздің электрондық мекенжайымыз: E-mail: mainstream@ast.ru
Интернет-магазин: www.book24.kz. Интернет-дүкен: www.book24.kz
Импортер в Республику Казахстан ТОО «РДЦ-Алматы». Қазақстан Республикасындағы импорттаушы «РДЦ-Алматы» ЖШС.
Дистрибьютор и представитель по приему претензий на продукцию в республике Казахстан: ТОО «РДЦ-Алматы»
Қазақстан Республикасында дистрибьютор және өнім бойынша арыз-талаптарды қабылдаушының
өкілі «РДЦ-Алматы» ЖШС, Алматы қ., Домбровский көш., 3«а», литер Б, офис 1.
Тел.: 8 (727) 2 51 59 89,90,91,92; Факс: 8 (727) 251 58 12, вн. 107; E-mail: RDC-Almaty@eksmo.kz
Тауар белгісі: «АСТ» Өндірілген жылы: 2019
Өнімнің жарамдылық мерзімі шектелмеген. Сертификация – қарастырылған

Отпечатано в АО «Первая Образцовая типография»,
филиал «УЛЬЯНОВСКИЙ ДОМ ПЕЧАТИ». 432980, г. Ульяновск, ул. Гончарова, 14

Посвящается ТИЧИНО

НОЯБРЬ

Суббота

Многие люди с нетерпением ждут праздников, но для меня время между Днём благодарения и Рождеством — одна сплошная нервотрёпка. Если ты оплошаешь в первые одиннадцать месяцев, ничего страшного не случится. Но если сделаешь что-нибудь не так в период праздников, тебе это даром не пройдёт.

Целый месяц от тебя требуют примерного поведения. Я могу продержаться шесть-семь дней от силы. Так что, если бы День благодарения стали праздновать за неделю до Рождества, я был бы счастлив.

Везёт тем детям, чьи семьи не празднуют Рождество, — им можно не переживать, если в это время года они сделают что-нибудь не так. У меня есть несколько друзей из этой категории. Они, на мой взгляд, резвятся сейчас даже больше, чем обычно, — просто потому, что могут себе это позволить.

Кто меня В САМОМ ДЕЛЕ беспокоит, так это Санта. От того, что он может наблюдать за тобой, когда ты спишь, и знает, когда ты полуночничаешь, мне делается не по себе. Поэтому теперь я ложусь спать в трениках — не хватало ещё, чтобы Санта увидел меня в нижнем белье.

Честно говоря, я сомневаюсь, что у Санты есть время следить за нами двадцать четыре часа в сутки. Думаю, к каждому ребёнку он может подключаться всего пару раз в год на несколько секунд. Учитывая, что по жизни мне везёт, наверняка это происходит в самое неподходящее время.

Если Санта И ПРАВДА видит всё, что мы делаем, у меня могут быть неприятности. Поэтому, когда я ему пишу, то ничего не прошу у него на Рождество.
В своих письмах я стараюсь изобразить себя в наиболее выгодном свете.

Дорогой Санта,

Я не кидал яблока с дикой яблоньки в кошку миссис Тэйлор, даже если издалека могло так показаться.

С уважением,
Грег Хэффли

А тут ещё этот список «Сорванцы и пай-детки», про который тебе без конца твердят. Ты о нём только слышишь, но УВИДЕТЬ его не можешь, поэтому о том, в какой компании ты находишься в данный момент, тебе сообщают взрослые. На мой взгляд, в этом есть что-то неправильное.

Я спрашиваю себя, а заслуживает ли этот список доверия. В округе есть один ребёнок, которого зовут Джаред Пайл, он живёт в начале нашей улицы. Уж если КТО и заслуживает того, чтобы попасть в список сорванцов, так это именно он. Но в прошлом году он получил на Рождество мопед — даже не спрашивайте меня, о ЧЁМ думал Санта.

Беспокоит меня не только Санта. В прошлом году, когда мама разбирала старые коробки, она нашла тряпичную куклу, с которой играла в детстве.

Мама сказала, что куклу зовут Скаут Санты и что его работа — наблюдать, как дети себя ведут, а потом посылать Санте отчёты на Северный полюс.

Ну что сказать... я от этого не в восторге. Во-первых, мне кажется, что в своём доме вы имеете право на конфиденциальность. А во-вторых, у меня от Скаута Санты мурашки по коже.

Вообще-то мне не верится, что эта кукла стучит Санте, но на всякий случай я стараюсь быть паинькой, когда оказываюсь в одной комнате со Скаутом Санты.

Правда, я, наверное, зря стараюсь, поскольку мой старший брат Родрик без конца стучит на меня Скауту Санты.

Каждый раз, когда я просыпаюсь утром, я застаю Скаута Санты на новом месте — это, видимо, надо понимать так, что по ночам он ездит на Северный полюс. Правда, в последнее время у меня появилось подозрение, что его может передвигать Родрик.

<u>Воскресенье</u>

Сегодня мы спустились в подвал и достали из чулана рождественские игрушки. У нас полно коробок с игрушками, и среди них есть очень старые. Есть одна игрушка с фотографией, на которой мы с Родриком принимаем ванну в раковине — стыд, да и только, но мама категорически не желает *её* выбросить.

Мы установили в гостиной ёлку и начали *её* наряжать. Мой младший братишка Мэнни дремал наверху и, когда проснулся и увидел, что мы наряжаем *ёлку без него*, закатил истерику.

Причина, по которой Мэнни так расстроился, была в том, что кто-то повесил на ёлку его любимую игрушку — карамельную тросточку. Он её просто обожает. Мама сняла её с елки и дала Мэнни, чтобы он повесил её сам.

Но Мэнни захотел, чтобы его игрушку ПЕРВОЙ повесили на ёлку, поэтому нам пришлось снять все украшения, чтобы он сделал по-своему.

Подобные вещи происходят в моём доме каждый
божий день.

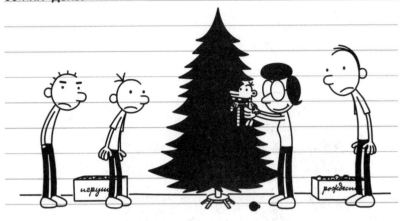

Чтобы приструнить Мэнни, мама пока не пугает его
Сантой, но я уверен, что ждать осталось недолго. На мой
взгляд, это не слишком эффективная стратегия, чтобы
держать нас в узде. Ведь, как только Рождество заканчи-
вается, мама теряет рычаги управления.

Понедельник

Накануне Дня благодарения в школе объявили конкурс на лучший слоган, призывающий бороться с хулиганами, а главным призом для команды победителей должна была стать пицца.

Одолеть хулиганов МОЖЕШЬ ТОЛЬКО ТЫ!

Собери команду
(пять человек максимум) и придумай
лучший слоган против хулиганов.
Для команды победителей
в столовой приготовят ПИЦЦУ!
Долой хулиганов!

Пиццу хотелось всем, и народу было ВСЁ РАВНО, что делать, — лишь бы её выиграть. Две команды девочек из моего класса придумали одинаковые слоганы, и одна команда стала обвинять другую в том, что их идею украли.

Ситуация вышла из-под контроля, и в итоге, чтобы предотвратить масштабную потасовку, пришлось вмешаться завучу.

В этом году в нашей школе только один официально признанный хулиган — Деннис Рут. Уверен, что благодаря плакатам и лозунгам, развешенным по всей школе, он это поймёт.

Накануне Дня благодарения устроили общее собрание, на котором обсуждали хулиганов. Все в зале смотрели на Денниса. Мне стало его жалко, и я попытался его подбодрить.

В этом году в нашей школе Деннис — единственный настоящий хулиган, но в ПРОШЛОМ году у нас их было ПОЛНЫМ-ПОЛНО. На переменках нас постоянно обижали, поэтому учителя поставили на детской площадке автомат. На нём была кнопочка, на которую детям нужно было нажать, если им требовалось привлечь внимание взрослых.

В итоге место, где установили автомат «Сообщи учителю», облюбовали хулиганы: они находили там своих следующих жертв.

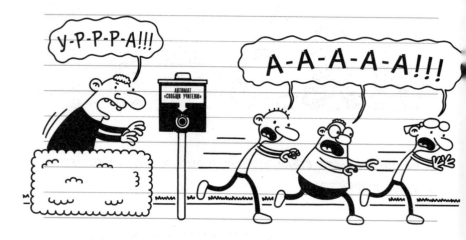

Учителя говорят, что обзывание тоже считается хулиганством, но я сомневаюсь, что им удастся каким-то образом положить ЭТОМУ конец. В моей школе дети всё время придумывают друг другу дурацкие прозвища. Одна из причин, почему я стараюсь в этом не участвовать, состоит в том, что я совсем не хочу, чтобы ко мне пристало такое же ужасное прозвище, как к Коди Джонсону.

Во время переменки в детском саду Коди случайно наступил на собачье дерьмо, и народ стал звать его Какашкин.

И не только дети стали его так называть, но и учителя, и даже ДИРЕКТОР.

Я вам вот что скажу: если ко мне когда-нибудь пристанет прозвище типа Какашкин, я перееду в другой город.

Но, скорее всего, в новый город вслед за мной переедет кто-нибудь из моей СТАРОЙ школы, и всё начнется сначала.

Учителя твердят, что, если тебя обидели, ты должен рассказать об этом взрослому. По-моему, это очень хорошая идея, но, когда я столкнулся с хулиганом, всё оказалось не так просто.

В соседнем квартале жил ребёнок, которого все почему-то звали Противными Штанишками.

Каждый раз, когда мы с моим другом Роули шли через квартал, где жил Противные Штанишки, он бросался за нами с палкой.

Хуже всего было то, что через рощицу в том квартале мы с Роули ходили в школу, — это был самый короткий путь. Чтобы Противные Штанишки нас не терроризировал, мы стали ходить в обход.

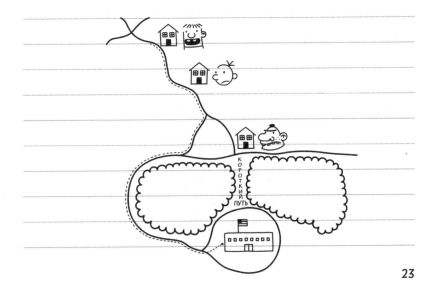

Мы поступили ИМЕННО так, как нам советуют учителя, — пожаловались завучу. Но завуч Рой сказал, что Противные Штанишки не учится в нашей школе, поэтому он ничем не может нам помочь.

После очередного преследования я решил, что с меня хватит, и изложил ситуацию папе. Я боялся, что папа скажет, что я должен показать характер и разобраться с этим сам, но он меня удивил. Папа сказал, что, когда он был в моём возрасте, ЕГО тоже обижал хулиган, и он прекрасно понимает, каково мне сейчас.

Папиного обидчика звали Билли Стейплс. Больше всего Билли любил заламывать кому-нибудь из детей руку и держать *её* так до тех пор, пока ребёнок не закричит.

Папа сказал, что местные ребята пожаловались на Билли своим родителям и вместе с ними отправились к Билли домой, чтобы побеседовать с его мамой и папой. Мистер Стейплс взял с Билли слово, что он никогда больше не будет никого обижать, и Билли, по словам папы, разрыдался и вроде как даже наделал в штаны.

Услышав эту историю, я подумал, что Билли Стейплс, судя по всему, не имеет с Противными Штанишками ничего общего. Я сказал папе, что идея пожаловаться родителям обидчика мне по душе. Я позвонил Роули и сказал, чтобы он зашёл ко мне и прихватил с собой своего папу, поскольку нам нужно было заручиться надёжной поддержкой.

Папа постучался в дверь дома, где жил Противные Штанишки, и мы стали ждать, когда его мама или папа нам откроют.

Но Противные Штанишки открыл дверь САМ — и мы с Роули бросились наутёк.

Наверное, мне нужно было описать Противные Штанишки папе, поскольку он не сразу сообразил, что ребёнок, открывший дверь, и был нашим обидчиком.

Папа побеседовал с миссис Штанишки, и она сказала папе, что *её* сыну только пять и что просто он иногда выходит из себя.

Всю дорогу домой папа на меня злился, потому что я позволил издеваться над собой малышу, который ходит в детский сад. Я в свою защиту могу сказать только одно: когда за вами гонится ребёнок с палкой, у вас нет времени, чтобы остановиться и спросить, сколько ему лет.

Вторник

Сегодня с детской площадки унесли последнее приспособление для игр. Чего у нас только не было в начале учебного года: турники, качели и всякие другие штуки, а теперь детская площадка превратилась в яму, засыпанную опилками.

Поэтому на переменке мы ходим по ней, как по тюремному двору.

Я слышал, что у нашей школы были проблемы с оплатой страховки за детскую площадку, поэтому, когда на каком-нибудь приспособлении для игр происходил несчастный случай или кто-нибудь получал травму, то, чтобы особо не заморачиваться, это приспособление просто уносили.

В октябре Фрэнсис Нотт упал с подвесных качелей на качели-качалку, и сразу после этого оба сооружения убрали.

Турника мы лишились после того, как одна девочка, Кристин Хиггинс, забралась на самый верх, а потом испугалась и не захотела спускаться.

Учителям запрещено дотрагиваться до детей, поэтому им пришлось позвонить родителям Кристин, чтобы они приехали и сняли её.

В итоге у нас осталось одно только бревно, и мне казалось, что ЭТА штука никому не может причинить вреда. Но, хотите верьте, хотите нет, вчера какой-то идиот не посмотрел, куда идёт, — поэтому оно тоже исчезло.

Теперь, когда приспособлений для игр не осталось, нам совсем нечего делать. Но учителя не разрешают нам даже присесть: они говорят, что мы должны «двигаться».

Игрушки и видеоигры, чтобы было чем себя занять, нам тоже не разрешают приносить. Если на детской площадке тебя застукают с игрушкой, её тут же конфискуют. На прошлой неделе кто-то нашёл в опилках крошечную машинку, которая, судя по её виду, пролежала в них не один год.

У машинки не было трёх колес, но народу так хотелось развлечений, что ребята выстроились в очередь, чтобы с ней поиграть, и, пока одни играли, другие стояли на стрёме.

Теперь в нашей школе появился чёрный рынок игрушек. Вчера Кристофер Стэнджел принёс из дома целую кучу наборов Лего, и, как я слышал, за одну детальку приходится выложить пятьдесят центов.

Учителя запретили ещё и множество игр, в которые мы играли раньше. На прошлой неделе несколько мальчиков играли в салки, и один из них пострадал, когда его толкнули сзади.

Поэтому теперь нам не разрешают не только друг до друга дотрагиваться, но и БЕГАТЬ. Сегодня мы играли в салки «без рук», используя технику спортивной ходьбы, — с нормальными салками, конечно, не сравнить.

Если хотите знать моё мнение, взрослые чересчур увлеклись безопасностью. Я ходил на мини-футбол к Мэнни, и все малыши там были в велосипедных шлемах.

В том, что приспособления для игр исчезли, я вижу только один плюс: у меня наконец появился шанс успевать в школе. Я один из тех, кому очень трудно сосредоточиться, когда говорит учитель. А когда другой класс гуляет в это время под окнами, слушать учителя внимательно практически невозможно.

Среда

Ладно, беру свои слова назад: я уже не рад тому, что у нас не осталось приспособлений для игр. Теперь детям на переменке нечем заняться, и они глазеют в окна. А это здорово отвлекает, когда пытаешься решить задачку.

К тому же я не тот человек, кто умеет быстро решать задачки, — это тоже надо учитывать. В третьем классе у нас была учительница, миссис Синклер. Она учила нас всяким хитростям, помогающим запоминать таблицу умножения. Правда, меня они здорово тормозили.

ВОСЕМЬЮ ЧЕТЫРЕ — ТРИДЦАТЬ ДВА, ТРИДЦАТЬ ДВА, ТРИДЦАТЬ ДВА! ВОСЕМЬЮ ЧЕТЫРЕ — ТРИДЦАТЬ ДВА, ТЕПЕРЬ ТЫ ЭТО ЗНАЕШЬ — ДА!

(под мелодию «У Мэри был барашек»)

В начале этого года математику у нас вёл мистер Спаркс. Он имел привычку вставать на стул, когда хотел, чтобы мы запомнили что-нибудь важное.

Но однажды, когда мистер Спаркс пытался вдолбить нам какое-то арифметическое правило, у стула отломилась ножка, и мистер Спаркс упал.

Мистер Спаркс сломал ключицу и, как я слышал, судится из-за этого со школой. Я не запомнил правило, которое он пытался объяснить нам в тот день, зато твёрдо запомнил, что на предметы мебели вставать не следует.

Сегодня на переменке нам всем не терпелось побыстрее вернуться в школу, но тут Роули встал и начал прыгать по детской площадке.

Некоторые дети начали его подбадривать и хлопать.
Они, наверное, решили, что Роули протестует против
новых правил, прыгая, а не бегая, но всё дело в том,
что Роули просто любит прыгать.

Когда Роули прыгает, это отчего-то действует мне
на нервы. Поэтому, наблюдая, как он скачет по детской
площадке, я страшно злился. Прыганье у нас — больная
тема. Роули говорит, что я ему завидую, потому что
не умею прыгать, а я считаю, что это просто
по-дурацки выглядит.

Прыгать, честно вам скажу, я так и не научился.
В первом классе я был единственным ребёнком,
кто этого не умел.

Я боялся, что меня будут оставлять на второй год до тех
пор, пока я не научусь прыгать, но меня, слава богу,
перевели во второй класс. Я, правда, до сих пор опаса-
юсь, что мне это ещё может аукнуться.

Иногда я спрашиваю себя, как так получилось, что мы с Роули стали друзьями, — ведь мы с ним такие разные. Но на данном этапе мы с ним, похоже, неразлейвода, поэтому я стараюсь не обращать внимание на те его выходки, которые меня раздражают.

Четверг

Скаут Санты следит за каждым моим движением, и это скверно, поскольку я не могу проделывать то, что обычно проделываю во время праздников.

Несколько лет назад мама с папой положили под ёлку подарки за неделю до Рождества, и я просто с ума сходил — так мне хотелось узнать, что это за подарки.

шух
шух

На одном из подарков было моё имя, и я был уверен, что это видеоигра. Я проделал в обёрточной бумаге крохотную дырочку, чтобы посмотреть, что там внутри, — ну, конечно, это была видеоигра, которую я просил.

Я не мог смириться с тем, что игра, которую мне хотелось, лежит под ёлкой, а я не могу в неё играть. Поэтому я пошёл ещё дальше, сделал надрез и извлёк диск.

чпок

Я открыл пластиковую коробочку, вынул игру, а потом завернул коробочку обратно в обёрточную бумагу и аккуратно заклеил.

Но тут меня начала преследовать мысль, что мама может взять подарок и заметить, что он стал легче. Поэтому я снова его распаковал и положил в коробочку один из дисков Родрика с хэви-металл, чтобы подарок стал весить столько, сколько раньше.

ПРИЮТ

БЕЗГОЛОВЫХ

СОДЕРЖИТ НЕНОРМАТИВНУЮ ЛЕКСИКУ

Каждый вечер, когда мама с папой ложились спать,
я играл в видеоигру и в итоге выиграл.
Но я забыл положить игру обратно в коробочку,
и на Рождество, когда я развернул перед мамой
и папой свой подарок, диск Родрика выпал
и покатился по полу.

дзэньк

На следующий день мама отнесла диск в «Мир игр» и отчитала продавца за то, что он продал ей товар, «не рекомендованный для детей».

Мне не нравится, что я не знаю, какие подарки мне подарят на Рождество, и иногда мне бывает трудно с этим смириться. В прошлом году я вошёл в мамину электронную почту и написал всем своим родственникам письмо, чтобы выяснить, что они собираются мне подарить.

Кому: Гэмми, дяде Джо, дяде Чарли, бабушке, дедушке, дяде Гэри, Джоанн, Лесли, Байрону и ещё 23 родственникам
Тема: Подарки

Всем приветик!

Сообщите, что вы собираетесь купить Грегу в этом году, чтобы мы с вами не купили одно и то же.

Спасибо, Сьюзан

Но добраться до маминой электронной почты можно с компьютера, который стоит на кухне, и сделать это, когда Скаут Санты не сводит с тебя глаз, не так-то просто.

Сегодня вечером я пытался решить, что внести в свой рождественский список желаний в этом году. Когда я составляю свой список, то стараюсь формулировать как можно точнее, поскольку каждый раз, когда я позволяю маме и папе выбирать мне подарки, получаю что-нибудь дурацкое.

Несколько лет назад я забыл составить список желаний и поплатился за это. Мама ждала Мэнни и хотела, чтобы я подготовился к появлению братика.

Поэтому на Рождество мама подарила мне ПУПСА.

Сначала я не хотел иметь с ним ничего общего.

Но потом сообразил, что пупс, которого можно КОРМИТЬ, мне очень кстати. После того, как у меня появился мой Умелый Друг, я на месяц забыл, какой у овощей вкус.

Но я использовал пупса не только для этого. Я понял, что он может служить очень удобной подставкой для комиксов.

Должен вам признаться: через пару месяцев я крепко привязался к этому пупсу.

Поскольку у меня не было питомца, я был рад иметь что-то, о чём можно заботиться.

Но однажды я пришёл из школы домой и НЕ НАШЁЛ своего Умелого Друга. Я обыскал весь дом, но он бесследно исчез.

Я смог придумать лишь одно объяснение: я, наверное, выронил моего Умелого Друга по дороге и каким-то образом этого не заметил.

Я очень горевал, потеряв своего пупса, но ЕЩЁ БОЛЬШЕ переживал из-за того, что мама может решить, что мне нельзя доверить новорождённого братика. Поэтому я взял из холодильника грейпфрут и нарисовал на нём маркером рожицу.

После этого я завернул грейпфрут в кухонное полотенце и три месяца нянчился с ним, как с пупсом.

Мама с папой вроде бы ничего не заметили.
Но я с ужасом думал о том, что НАСТОЯЩИЙ
Умелый Друг может найти дорогу домой
и отомстить мне за то, что я от него отказался,
променяв его на фрукт.

Мне это до сих пор не даёт покоя. Именно поэтому,
прежде чем лечь спать, я всегда проверяю, закрыто ли
в моей спальне окно.

Мне неловко это говорить, но к ГРЕЙПФРУТУ я тоже
привязался. Правда, через некоторое время он начал
гнить, и неприятный запах привёл папу к моему
лжепупсу.

Мама, похоже, не слишком расстроилась из-за того, что я потерял своего пупса, но, должен вам сказать, она ни разу не оставляла меня одного в доме с Мэнни больше чем на пятнадцать минут.

Как я уже говорил, иметь что-то, о чём можно заботиться, было здорово, и мне этого не хватало. Поэтому я стал много играть в игру «Виртуальные питомцы».

Вообще-то я играю в неё всё своё свободное время. Смысл игры в том, что вы должны кормить своего питомца и делать его счастливым. Если твой питомец счастлив, ты получаешь жетоны и можешь покупать ему одежду, мебель и всё такое.

Я играл так много, что у моего питомца, чихуахуа, появился особняк с бассейном, кегельбан и примерно 150 разных нарядов.

Единственное, что меня не радует, — это его ИМЯ. Аккаунт мне завела мама, и я никак не могу сообразить, как изменить имя, под которым она его зарегистрировала.

МАЛЕНЬКИЙ ДРУЖОК
ГРЕГОРИ

Мама говорит, что о своём виртуальном питомце я забочусь лучше, чем о СЕБЕ, и с этим не поспоришь. В выходные я играл шестнадцать часов подряд и даже не сделал перерыв, чтобы сходить в туалет.

Но, если вы не покупаете своему питомцу чего-нибудь новенького, он становится несчастным, и это меня страшно огорчает.

ИЗМЕРИТЕЛЬ НАСТРОЕНИЯ

МАЛЕНЬКИЙ ДРУЖОК ГРЕГОРИ:

ЧАХНЕТ

Проблема в том, что ты можешь заработать только опре-
делённое количество жетонов, а потом должен покупать
их на настоящие деньги. Своей кредитной карточки
у меня, увы, нет, а это значит, что мне приходится упра-
шивать маму и папу, чтобы они разрешили мне пользоваться ИХ кредитными карточками.

А убедить папу расстаться с деньгами, чтобы я смог
купить своему виртуальному питомцу какой-нибудь сногс-
шибательный наряд, не так-то просто.

ИЗМЕРИТЕЛЬ
НАСТРОЕНИЯ

МАЛЕНЬКИЙ
ДРУЖОК
ГРЕГОРИ:
ЧУВСТВУЕТ
СЕБЯ КЛЁВО

В этом году я намерен попросить на Рождество пачку
виртуальных наличных. Насчёт ОСТАЛЬНЫХ желаний
я пока не решил. Их у меня ХОТЬ ОТБАВЛЯЙ, поскольку пару недель назад, когда я остался на ночь в больни-
це, где мне удаляли гланды, Мэнни распродал половину
моего имущества.

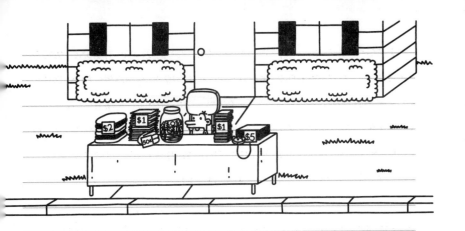

Я не уверен, что в этом году стоит просить нормальный подарок — типа игрушку или видеоигру. Я понял одну простую вещь: каждый раз, когда на день рождения или на Рождество тебе дарят что-нибудь клёвое, тебя потом всю неделю этим шантажируют.

МЫ ОТДАДИМ ТЕБЕ ЭТО, КОГДА ТЫ ИСПРАВИШЬ ОЦЕНКИ ПО АНГЛИЙСКОМУ!

Одно я знаю наверняка: в этом году я принимаю только подарки из магазина. В прошлом году мама подарила мне на Рождество прекрасный вязаный плед, и я кутался в него почти всю зиму.

Но я нашёл фотку, на которой мой двоюродный дедушка Брюс, скончавшийся несколько лет назад, кутается в этот же плед. Поэтому я сплавил плед Родрику на день рождения.

Воскресенье

Я собирался играть в игру «Виртуальные питомцы»
все выходные, но вчера мама сказала,
что тратить на эту игру так много времени
«вредно для здоровья» и что мне необходимо
общение с «живым человеком».

Я позвонил Роули и попросил его прийти, хотя всё ещё
сердился на него из-за его прыганья.

Когда Роули пришёл, мы уселись перед телевизором
играть в приставку, но мама сказала, чтобы мы выключи-
ли телевизор и пообщались «друг с другом».

Но одна из причин, почему я вожу дружбу
с Роули, в том, что он НЕ МЕШАЕТ мне играть
в видеоигры.

К тому же технологии наши предки изобрели как раз затем, чтобы больше НЕ НУЖНО БЫЛО общаться друг с другом.

Мама отправила нас с Роули в подвал, и там мы стали с ним думать, чем бы нам заняться. Я попросил Роули принести с собой ВИДЕОДИСКИ, чтобы ночью мы могли посмотреть фильмы.

Но на его дисках оказалось только семейное видео, которое Я НЕ СТАНУ смотреть, даже если мне заплатят МИЛЛИОН.

Мама принесла нам книжки «Дурацкие предложения», где нужно заполнять пустые клеточки, чтобы получилась смешная фраза.

В первом раунде слова придумывал Роули,
а я вписывал их в клеточки. Предложения получались
очень смешными, а вот то, что Роули взял моду говорить
«ЛОЛ» вместо того, чтобы смеяться, было совсем
НЕ СМЕШНО.

Меня это страшно РАЗДРАЖАЛО. Поэтому мы поменя-
лись ролями, и слова стал придумывать я. Роули начал
с того, что попросил меня назвать какой-нибудь вид
спорта, и я назвал волейбол. Он сказал: «Не волейбол,
а болейбол». У нас разгорелся жаркий спор, с какой
буквы начинается «волейбол».

Я нашёл словарь, протянул его Роули и велел, чтобы он посмотрел сам. Но вместо того, чтобы открыть букву «в», Роули стал читать все слова, начинающиеся на «б». И, когда не нашёл слова «болейбол», начал читать их по новой.

БАКТЕРИЯ...
БАРСУК...
БЕКОН...

Роули обвинял меня в том, что у меня старый словарь, и поэтому в нём нет слова «болейбол».
После ЭТОГО мы стали спорить, в каком году появился волейбол.

К тому моменту Роули достал меня окончательно, и я понял, что лучше нам сменить тему, иначе всё, как обычно, закончится потасовкой.

Я предложил Роули заняться чем-нибудь другим, и он сказал, что хочет поиграть в прятки. Но, когда играешь в прятки с Роули, сталкиваешься с одной проблемой: он думает, что, когда он не видит ТЕБЯ, ты не видишь ЕГО. Поэтому найти его можно в два счёта.

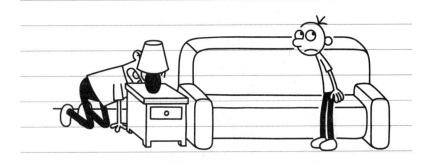

Я решил, что нам нужно друг от друга отдохнуть, и мне в голову пришла одна идея. Я предложил Роули проверить, кто из нас храбрее, — я или он — и мы вышли на улицу через раздвижную дверь.

Мы по очереди должны были отправиться в лес и написать свои имена на домике на дереве, который мы построили прошлым летом. А кто сдрейфит, тому придётся признать, что насчёт волейбола он был не прав, и всю оставшуюся жизнь он должен будет называть другого «сэр».

Роули, видимо, решил, что это по-честному.

Я сказал Роули, что пойду первым, и отправился в лес. Но, как только я скрылся из его поля зрения, я обежал вокруг своего дома и оказался у крыльца.

ВЖИК

НИ ЗА КАКИЕ КОВРИЖКИ я не отправлюсь в лес ночью один. Я написал своё имя на домике на дереве, когда мы с Роули строили его летом, — поэтому я и предложил ему эту авантюру.

Я вошёл в дом через парадную дверь, положил себе
в вазочку мороженого и немного расслабился. Должен
вам сказать, мне было просто необходимо побыть одному.

Слопав мороженое, я обошёл дом с другой стороны, вымазал грязью лицо и одежду и выбежал из леса.

Наверное, последняя фраза была лишней, потому что у Роули пропал к моей авантюре всякий интерес.

В общем, отдых друг от друга пошёл нам
обоим на пользу, и оставшаяся часть ночи прошла
без споров.

Др-р-р-р

Др-р-р-р

Сегодня утром моё семейство отправилось
в церковь. Роули пошёл вместе с нами.
Наверное, семейка Роули нечасто ходит в церковь,
поэтому он не знает всех правил, что и когда
нужно делать. Мне всё время приходится
говорить ему, когда опуститься на колени,
когда встать и всё такое.

В конце службы прозвучало: «Да пребудет мир
с вами». После этого ты должен пожать всем руки.
Я сказал Роули: «Да пребудет с тобою мир»,
а он захихикал.

Наверное, ему послышалось, что я сказал: «Да пребудет с тобою пломбир!»

Ещё мне кажется, Роули не понял, что нужно пожимать руки. Потому что, когда сидевшая за нами женщина сказала: «Да пребудет с тобою мир», он смачно чмокнул ее в щёку.

После службы мы подбросили Роули домой.
Я был рад, что избавился от него и теперь снова могу играть в свою игру.

Что-то подсказывает мне, что мама чувствовала то же, что и я.

ДЕКАБРЬ

Вторник

Сегодня, когда я играл в игру «Виртуальные питомцы» в своей комнате, вошла мама. Она понаблюдала немного, а потом спросила, какие в этой игре правила. Я объяснил ей, что должен следить за тем, чтобы мой чихуахуа смотрел телевизор, потому что, если твой виртуальный питомец смотрит рекламу как минимум два часа в день, это делает его счастливым, и ты получаешь двадцать дополнительных жетонов.

После этого я спросил маму, не подкинет ли она мне десять баксов: в магазин для виртуальных питомцев поступили чешки для батута, и я уверен, что маленький дружок Грегори будет счастлив их иметь.

Видимо, я выбрал не самый удачный момент, чтобы просить у мамы взаймы, — она, похоже, была не в духе. Она сказала, что я не знаю «цену деньгам» и что, если я хочу купить «обновку» моему виртуальному питомцу, мне придётся заплатить за неё из своего кармана.

Я сказал маме, что у меня нет своих денег, поэтому мне приходится просить их у неё и у папы. А она сказала, что есть МАССА способов их заработать. Она сказала, что сегодня вечером ожидается снегопад, и завтра я мог бы пойти к соседям и расчистить им дорожки перед домом.

Стучать в дома соседей и просить у них деньги —
ТО ЕЩЁ удовольствие. Три раза в год наша школа
устраивает сбор денег, и мне приходится ходить
по домам и уговаривать малознакомых мне людей
что-нибудь у меня купить.

Как правило, я даже не знаю, чем я торгую.

Было бы неплохо, если бы школа давала нам на продажу
что-нибудь ПОЛЕЗНОЕ — типа шоколадных батончиков
или печенек. Девочкам-скаутам везёт: им хотя бы дают
то, что людям в самом деле НУЖНО.

Сбор средств организован так, что всю работу
делаем мы, школьники, а учителя награждают нас
за это всякими дурацкими призами. Однажды я продал
элитный кофе в зёрнах на двадцать долларов,
а получил за это дешёвую йо-йо, которая сломалась ещё
во дворе школы.

Но Роули меня ПЕРЕПЛЮНУЛ. Он продал бобов
на 150 долларов и получил в качестве приза китайскую
ловушку для пальцев. Она сработала как надо — правда,
Роули не смог вытащить из неё пальцы, и его маме
пришлось её срезать, когда он пришёл домой из школы.

В прошлом году учителя придумали нечто новенькое.
Нас отправили продавать лотерейные билеты.
Победителю лотереи седьмой класс должен был убрать
двор в рамках весеннего субботника.

Лотерею выиграла миссис Спенглер, которая живёт
в конце нашей улицы, — и в первый день весны
к ней заявился седьмой класс. Но выяснилось,
что грабель на всех не хватило — их было всего две
штуки, поэтому почти весь класс сидел без дела.

После весеннего субботника мусора во дворе у миссис Спэнглер оказалось ещё больше, чем до него.

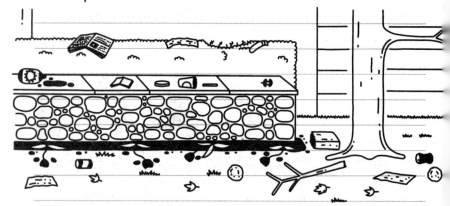

В этом году в нашей школе начали проводить марафоны по ходьбе. Идея в том, что мы должны пройти по школьной площадке энное количество раз — кругов сто или двести, — чтобы местные жители дали нам денег за каждый круг.

МАРАФОН ПО ХОДЬБЕ
Спонсорский список
Каждый круг — 25 центов

Фамилия	количество кругов
1. Жоржетта Крамер	20
2. Тони Синклер	15
3. Генри Нальсен	25
4. Лесли Симпсон	10
5. Барбара Престон	20
6. Лавр Каллисон	10
7.	
8.	

Попросить человека купить семена, кофе в зёрнах или что-нибудь в этом роде — это я ещё могу понять, но я решительно не понимаю, как кто-то может получать удовольствие от того, что дети ходят кругами по футбольному полю.

Причина, по которой наша школа провела марафон по ходьбе в сентябре, состояла в том, что им нужно было заплатить за рекламный щит возле городского парка.

НЕ МУСОРИТЬ
В ГОРОДСКОМ ПАРКЕ

Не пойму, зачем школа проводила этот марафон,
когда можно было мобилизовать на уборку парка детей.
Наверное, затем, что, если бы к этому подключился
седьмой класс, то парк превратился бы в помойку.

Я произвёл в уме кое-какие подсчёты и пришёл
к выводу, что каждый взрослый, живущий
на моей улице, даёт мне для школы в среднем
двадцать три доллара в год.

Поэтому раз в год я вполне бы мог приглашать всех
своих соседей к себе домой с указанием принести мне
двадцать три бакса наличными — уверен, так всем наверняка было бы удобнее.

Как и предсказывала мама, сегодня ночью пошёл сильный снег. Все соседские дети радовались, что не нужно идти в школу, а я обивал пороги в поисках работы.

Я размышлял, к кому постучаться первому, но принять решение было нелегко. Напротив меня живёт миссис Дарочер, но она любит приставать с нежностями, и я стараюсь с ней не сталкиваться.

Есть ещё мистер Александер, который въехал
в дом Снеллов. Он, наверное, не носил брекеты, когда
был маленьким, поэтому у него не очень ровные зубы.
К сожалению, папа впервые увидел мистера Александера
на Хэллоуин и, видимо, решил, что зубы у него
не настоящие.

Поэтому дом мистера Александера я тоже решил обойти
стороной.

На моей улице живут люди, с которыми я не разговари-
ваю ГОДАМИ. Когда мне было четыре, мама с папой
устроили коктейльную вечеринку, на которую пригласили
несколько пар, живущих по соседству. Во время вечерин-
ки я спустился на первый этаж в туалет.

Наверное, в том возрасте я не знал, что дверь нужно запирать, и ко мне ворвался мистер Харкин.

Сделав свои дела, я разыскал маму и настучал ей на мистера Харкина — уверен, он чувствовал себя полным идиотом.

Так что к парню, на которого я настучал, когда ходил в детский сад, я за деньгами тоже не пойду.

Сегодня я понял, что слишком много всего произошло
в прошлом между мной и моими соседями,
поэтому я решил отправиться на Прентис Лейн
и начать всё заново, с чистого листа.

Я подошёл к дому, стоявшему на углу, и постучался
в дверь. Мне открыла дама, и я её узнал.
Это была миссис Мелчер — одна из приятельниц
бабушки по игре в бинго.

Я сказал миссис Мелчер, что пытаюсь заработать немного
денег, расчищая людям дорожки, и с радостью расчищу
её дорожку за пять баксов.

Но она ответила, что её никто не навещает, и пригласила меня войти и поболтать с ней.

Я не хотел показаться невежливым и через пару секунд уже сидел в гостиной миссис Мелчер в окружении фигур для лужайки, которые она взяла на зиму в дом. Мне было немного неловко, но я подумал, что, если хочу попросить у человека денег, самое меньшее, что я могу сделать, — это постараться быть вежливым.

Но все мои мысли, пока я сидел у миссис Мелчер, были только о том, сколько денег я мог бы к тому времени заработать, постучись я в другую дверь.

Я просидел у неё, наверное, час, прежде чем мне удалось вернуть разговор к теме дорожки, которую я мог бы расчистить. Миссис Мелчер сказала, что с минуты на минуту приедет в пикапе её сын и бесплатно расчистит ей дорожку. Час моей жизни был безвозвратно потерян.

Др-р-р-р

Шур-шур-шур

Я снова направился на Прентис-стрит и стал стучаться в двери. Многие жильцы, наверное, были на работе, и найти того, кто оказался бы дома, удалось не сразу. Наконец мне повезло: дверь открыл парень, у которого был такой вид, как будто он только что проснулся. Я сказал, что могу расчистить ему дорожку за пять баксов, и он ответил: «По рукам».

Я взялся за работу, и скоро прогресс был налицо. Но, пока я расчищал дорожку, опять пошёл снег.

К тому времени, когда я закончил работу, снега навалило столько, что результаты моего труда были почти незаметны.

Я позвонил в дверь и спросил парня, не хочет ли он, чтобы я за пять баксов ещё раз расчистил его дорожку. Он на это не купился.

Кроме того, он сказал, что не заплатит мне даже мои первые пять баксов, пока я не расчищу его дорожку так, как обещал. Теперь вы понимаете, почему необходимо заключать договор, прежде чем начнёшь на кого-нибудь работать.

Я вернулся на дорожку и стал её расчищать, но снег валил хлопьями, и у меня ничего не вышло.

И тут меня осенило. Рядом, через несколько улиц, живёт моя бабушка, и я вспомнил, что в гараже у неё стоит газонокосилка. Я отправился к ней и притащил косилку на дорожку, где работал.

Идея скосить снег казалась мне гениальной, и мне не верилось, что никто не додумался до этого раньше.

К сожалению, всё пошло не так гладко, как я ожидал. Я думал, снег будет выскакивать сбоку, но лезвие только прорезало в снеге борозду, а снег оставался лежать, где лежал.

В конце концов косилка начала издавать странные звуки, а потом и вовсе заглохла.

Видимо, эти штуки не созданы для холодной погоды.

Я отволок косилку обратно к бабушке и поставил её в гараж. Надеюсь, к лету она оттает.

Но мне нужно было что-то делать с дорожкой парня. Снег ВАЛИЛ ХЛОПЬЯМИ не переставая, и вкалывать до конца дня за пять баксов я не собирался. Мне необходимо было срочно что-нибудь придумать, чтобы начать заниматься другими делами.

Я заметил, что к дому подсоединён садовый шланг. Я вытянул его, подключил, затем надел насадку на трубку, по которой поступает вода из дома, и стал поливать снег на дорожке.

Результат оказался ПОТРЯСАЮЩИМ. Вода растапливала снег, а я ходил взад-вперёд. Потом я заметил разбрызгиватель, прислонённый к стене, и мне в голову пришла ещё более ГЕНИАЛЬНАЯ идея.

Закончив работу, я выключил разбрызгиватель и постучался в дом парня. Увидев, что дорожка расчищена, он заплатил мне пять баксов.

Я был очень доволен тем, как всё устроилось,
и подумал, что, если найду ещё людей
с разбрызгивателями, то смогу выполнять несколько
заказов одновременно.

К сожалению, мне больше не удалось найти того,
кто оказался бы дома. Правда, из моей затеи, наверное,
всё равно бы ничего не вышло. Ведь пока я шёл
обратно по Прентис-Лейн, дорожка, которую
я поливал из разбрызгивателя, успела замёрзнуть.

Когда папа вернулся домой, нам с ним пришлось отправиться в магазин и купить пять больших мешков с круп-
ной солью, чтобы растопить лёд на дорожке того парня.

В общем, за свои труды я себе в карман так ничего
и не положил — наоборот, расстался с двадцатью
баксами.

Четверг

Папа был не в восторге от того, что вчера я превратил

чужую дорожку в каток. Он сказал, что у меня

«нет головы на плечах», и это его огорчает.

То же самое он сказал несколько недель назад,

когда я поцарапал его машину.

Всё началось с того, что в школе меня наградили титу-

лом «Ученик недели». Вместе с титулом «Ученик недели»

ты получаешь стикер на бампер и можешь наклеить его

на семейный автомобиль.

Стикер на бампер — вещь, конечно, дурацкая, но получить его всё равно было клёво.

За что я получил титул, я не знаю. Наверное, рано или поздно его получает каждый. В прошлую пятницу титул «Ученик недели» получил Фригли — наверное, за то, что он никого не кусал пять дней подряд.

Мама хотела наклеить мой стикер на свою машину, но на ней и так полно всяких наклеек, и я решил, что мой стикер среди них затеряется. Я спросил папу, можно ли мне наклеить мой стикер на его машину.

Папа недавно купил новую машину, и я подумал, что мой стикер «Ученик недели» будет отлично на ней смотреться.

Но папа сказал, что не хочет наклеивать «мусор» на свою новую машину. Я расстроился, но, кажется, я догадываюсь, почему папа мне отказал. У нашей семьи нет никаких особо дорогих вещей, поэтому, когда папа вернулся из автосалона со спортивной машиной, я здорово удивился.

Маму не обрадовало, что папа выбрал машину, не обсудив этот вопрос с ней.

Она сказала, что машина «слишком шикарная» и что у неё только две дверцы, а для семьи из пяти человек это «непрактично». Но папа сказал, что хотел именно такую машину, и оставил её.

После разговора с папой я не знал, что мне делать со своим стикером на бампер. В итоге я отдал его Мэнни и сказал, что он может наклеить его на свой вагончик или ещё на что-нибудь.

Но Мэнни повернулся и тут же прилепил его на дверцу папиной машины.

Я страшно испугался, поскольку понимал, что папа решит, что его приклеил я. Я попытался его отклеить, но с обратной стороны эти штуки, наверное, мажут суперклеем. Я принёс мыло и воду и попытался его СОСКРЕСТИ.

Я скрёб двадцать минут, но всё без толку.

Я стал искать другие чистящие средства под раковиной на кухне и нашёл металлические мочалки — похоже, это было именно то, что нужно.

Эти штуки превосходно оттирают горшки и кастрюльки, и я решил, что ими можно попробовать потереть и машину, раз она тоже из металла.

Мои надежды оправдались: при помощи металлической мочалки я тут же удалил стикер с машины.

Это оказалось настолько легко, что я немного увлёкся. Металлическими мочалками я соскребал букашек и птичий помёт. Я подумал, папа страшно обрадуется, что я бесплатно помыл его машину. Но, когда я закончил поливать машину из шланга, меня ждал сюрприз.

Металлическая мочалка соскребла с машины не только стикер и букашек, но и КРАСКУ.

Я запаниковал и стал закрашивать белую полосу несмыва-емым маркером. Но полоса была слишком широкая, поэтому я написал маминым почерком записку и заклеил ею полосу.

Привет, милый!

Надеюсь, у тебя был хороший день!

P.S. Почему бы тебе не оставить эту записку на машине, чтобы завтра снова её прочитать?

Я думал, записка поможет мне выиграть пару дней, но папа тут же обнаружил полосу.

Папа страшно на меня разозлился, но на выручку мне пришла мама. Она сказала, что все мы совершаем ошибки и самое главное — что я усвоил урок и теперь могу жить дальше.

За это я маме очень признателен. Она успокоила папу, и меня даже не наказали.

Папа отвёз машину к дилеру, чтобы узнать, сколько будет стоить покраска.

Дилер сказал, что она будет стоить недёшево, поскольку это работа на заказ.

Мама сказала папе, что это «доказательство» того, что «шикарную» машину покупать не следовало и что он должен *её* продать и купить вместо неё подержанный минивэн. Он так и сделал.

Самое смешное, что прежние владельцы ПРИКЛЕИЛИ на этот минивэн стикер «Ученик недели». Но папа, похоже, юмора не оценил.

Воскресенье
Обычно наша семья ходит в церковь к девяти утра, но сегодня мы пошли на службу, которая начинается, в одиннадцать утра.

На службе в одиннадцать музыка не такая, как на обычной службе, и есть ансамбль, который играет музыку в стиле фолк на гитарах и всяких других инструментах. На прошлой неделе мама убедила Родрика записаться в фолк-ансамбль, поскольку ей дали листовку, в которой говорилось, что ансамблю нужен «перкуссионист».

Родрик, видимо, решил, что сможет играть в церкви на своих барабанах, и записался.

Оказывается, ансамблю был нужен человек, играющий на РУЧНЫХ ударных инструментах — типа тамбурина и кастаньет.

Стоя сегодня в церкви, Родрик изо всех сил старался сохранять невозмутимый вид, но с маракасами в руках делать это было нелегко.

Один раз я тоже кое-куда записался, не выяснив заранее все подробности, и тоже попал впросак. В прошлом году мама сказала, что я должен посещать юношеский клуб при церкви, но через некоторое время я понял, что в «юношеский» клуб принимают всех кого не лень.

Каждый год в нашей церкви появляется Дерево даров: люди, которым что-то нужно, кладут свои просьбы в конверты и вешают их на ёлку. Потом какая-нибудь семья снимает первый попавшийся конверт и покупает всё, о чём ни попросят.

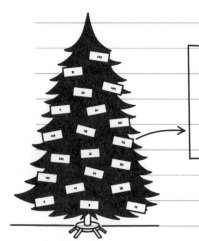

Совершеннолетнему мужчине требуется шарф и пара перчаток.

Насколько мне известно, никаких правил насчёт того, кому можно вешать просьбы на Дерево даров, а кому нельзя, нет. Поэтому я решил испытать удачу и заполнил образец заявления.

Что-то подсказывало мне, что мама и папа этого не одобрят, поэтому, чтобы меня не вычислили, я принял меры предосторожности.

Несовершеннолетнему мужчине требуются деньги — кому сколько не жалко. Большая просьба: кладите ваши деньги в конверт без марки. Он будет лежать под мусорным баком, который стоит за церковью.

P.S. Убедитесь, что за вами нет хвоста.

Понедельник

В этом году в нашей школьной столовой отделили несколько столиков, чтобы дети, которым нужно есть больше овощей, могли питаться в специальной зоне. По-моему, это здорово — правда, после этого за столиками стало гораздо теснее.

Не уверен, что в моей школе есть такие, которым нужна овощная диета, поскольку первые два месяца учебного года столики в специальной зоне оставались пустыми.

Но специальная зона приглянулась Рикардо Фридману — видимо, потому, что в ней гораздо просторнее. Сегодня он уселся в центре зоны «ОВОЩИ», где слопал два сэндвича с арахисовым маслом и один с джемом, которые принёс из дома.

Сегодня в школе устроили общее собрание. Все были очень возбуждены, поскольку нам сказали, что мы будем смотреть фильм. Но это оказался обычный научно-популярный фильм о полезной пище.

Я понимаю, что должен питаться более здоровой пищей, но, если исключить фастфуд из моего рациона, мне придётся туго, поскольку он, наверное, на 95% состоит из куриных наггетсов.

В нашей школе взялись за фастфуд всерьёз. На прошлой неделе автомат с газировкой заменили на автомат с бутылками воды. Но, если бутылки с водой они продают по доллару за штуку, то автомат нужно было ставить в каком-нибудь более доходном месте.

Школа ликвидировала ещё и множество пунктов меню — вроде хот-догов и пиццы — и заменила их здоровой пищей.

Заменили даже картофель фри — вместо него появились палочки «спорт-экстрим». Правда, через каких-нибудь пять секунд все поняли, что палочки «спорт-экстрим» — это обычная нарезанная морковка.

Обычно я приношу с собой в школу завтрак из дома, но кое-что — печенье с шоколадной крошкой — я всегда покупал в столовой. На прошлой неделе печенье с шоколадной крошкой заменили овсяным печеньем с изюмом. Я его покупаю, но обкусываю с разных сторон, чтобы не тронуть изюм, — приходится, конечно, повозиться.

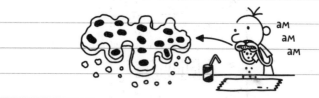

Даже не могу вам сказать, СКОЛЬКО раз, принимая овсяное печенье с изюмом за печенье с шоколадной крошкой, я принимался его есть.

У меня есть теория, что овсяное печенье с изюмом изобрели давным-давно шутки ради, а не для того, чтобы его есть.

Почти всем детям на изменения в меню было наплевать, но, когда из него убрали энергетические напитки, народ забил тревогу.

Причина, по которой в школе перестали продавать
«Крутой дебош», была в том, что учителя
жаловались на красный краситель, от которого дети
становились гиперактивными. И если бы вы вошли
в наш класс после завтрака, вы поняли бы,
что они имели в виду.

Но когда продавать «Крутой дебош» прекратили,
выяснилось, что народ, привыкший выпивать
по три-четыре банки в день, не может так резко
завязать. Некоторым детям даже пришлось обратиться
за помощью к медсестре, поскольку после отмены
у них началась ломка.

Несмотря на ВСЕ наши многочисленные жалобы,
учителя так и не вернули нам «Крутой дебош».
И на следующий день Леон Гудсон тайком притащил
из дома целый рюкзак «Крутого дебоша» и распродал его
за три бакса за штуку.

На переменке несколько детей, купивших у Леона «Крутой дебош», спрятались за школой, чтобы их никто не увидел, и опорожнили свои банки.

Одну из учительниц, следящих за порядком на переменке, миссис Лахи, что-то насторожило, и она пошла выяснить, в чём дело.

Миссис Лахи велела немедленно вылить напиток, иначе она обо всём сообщит директору.

Но как только она ушла, дети сняли ботинки и промокнули лужицы носками.

Вторник

Одна из причин, почему школа так озабочена нашим питанием, в том, что на носу президентский фитнес-тест: ты выполняешь упражнения вроде отжиманий и подтягиваний, а учителя оценивают твои кондиции.

В прошлом году у нашей школы был самый низкий рейтинг по всей стране — 10 процентов, и теперь, судя по всему, школа всеми силами пытается это исправить.

Взрослые говорят, что дети моего поколения находятся в плохой физической форме, потому что мало занимаются спортом, но я сомневаюсь, что отсутствие оборудования на детской площадке поможет эту проблему решить.

В президентском фитнес-тесте есть задание на отжимание: оно проверяет, сколько раз подряд ты можешь отжаться. Девочки из нашего класса справились лучше мальчиков, но только потому, что девочкам упростили отжимания.

Мальчики должны были отжиматься от пола, опираясь на носки.

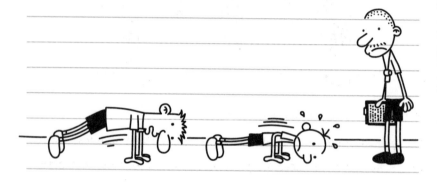

А девочкам разрешили согнуть ноги в коленях, и они получили ОГРОМНОЕ преимущество.

Правда, некоторых девочек возмутило, что им дали более лёгкие отжимания, чем мальчикам.

Несколько девочек составили петицию с требованием разрешить им выполнять те отжимания, которые выполняют мальчики.

Я прекрасно понимаю, как у них появилась эта идея.

На уроках обществоведения мы изучаем разные формы протеста, к которым прибегали люди, жившие в прежние исторические эпохи, когда хотели изменить то, что их не устраивало.

ПЛЮХ

Девочки, наверное, думали, что мистер Андервуд будет их отчитывать, но он сказал, что они могут выполнять стандартные отжимания, раз им так хочется. Так что теперь мы с ними на равных.

Идея составить петицию мне понравилась. Я подумал, что, если мы, мальчики, захотим, нам должны разрешить выполнять более лёгкие отжимания. Поэтому я составил петицию и попытался собрать подписи.

Но, когда я увидел парней, которые хотели подписать мою петицию, у меня возникло плохое предчувствие, и я решил отказаться от своей затеи.

Пару недель назад, когда мы делали на физре отжимания, у меня начались колики, и я спросил мистера Андервуда, можно ли мне закончить отжимания дома. Он сказал, что это не проблема, но ему требовались доказательства того, что я их сделал.

Поэтому на следующее утро я взял мамину тушь и нарисовал себе на животе шесть кубиков. Когда мистер Андервуд вошёл в раздевалку, я снял рубашку.

У меня тут же появилась толпы подражателей. На следующий день половина парней из моего класса тоже нарисовали СЕБЕ кубики и явились с ними в школу.

Правда, некоторые чуваки оказались ТЕМИ ЕЩЁ визажистами.

Думаю, нам всё-таки удалось провести мистера Андервуда. По крайней мере, до того момента, пока мы не начали потеть и тушь не потекла.

<u>Среда</u>

Последние несколько дней на мой аккаунт, который мне завели на сайте «Виртуальные питомцы», приходят тревожные сообщения. Если в ближайшее время я не раздобуду для своего питомца денег, у меня могут возникнуть проблемы.

ИЗМЕРИТЕЛЬ НАСТРОЕНИЯ

МАЛЕНЬКИЙ ДРУЖОК ГРЕГОРИ:

ВЗВИНЧЕН

Я спросил маму, не могла бы она подбросить мне пару баксов, чтобы я смог вернуть настроение моего питомца на отметку «Спокоен», но она отказалась.

И ещё она сказала, чтобы в этом году я не ждал от неё денег на рождественские подарки для семьи. Она сказала, что я уже в том возрасте, когда должен платить за подарки сам, чтобы «знать им цену».

Обычно мама даёт мне на подарки двадцать долларов, и все покупки я делаю на рождественском школьном базаре. Это очень удобно, потому что вещи на школьном базаре стоят копейки, и все подарки можно купить одним заходом.

Мне всегда удаётся выручить немного денег, которые я трачу на личные нужды.

Почти все свои деньги я обычно трачу в буфете. Там продают самые вкусные куриные ножки, какие я когда-либо пробовал. Правда, у них очень дурацкое название, поэтому, когда я их заказываю, чувствую себя по-идиотски.

Понятия не имею, как мне наскрести денег на подарки для моей семьи. Ведь на карманные деньги я, по большому счёту, могу рассчитывать только два раза в год: в мой день рождения и на Рождество.

Я страшно рад, что между моим днём рождения и Рождеством несколько месяцев: это даёт мне возможность получать подарки ДВА РАЗА. Мне жаль тех, чьи дни рождения оказываются рядом с рождественскими праздниками: они сливаются с Рождеством, и люди в конечном итоге недополучают подарков.

Это не по-честному, но, видимо, так было испокон веков.

Сегодня мне в голову пришла одна мысль. У меня нет денег, и, возможно, мне их не дадут, зато у меня ЕСТЬ нечто ценное: экземпляр первого издания графического романа «Башня друидов» с автографом автора.

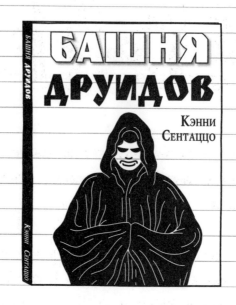

«Башню друидов» автор, Кэнни Сентацци, подписал мне в прошлом году на Комик-Коне, который проходил в городе.

Строго говоря, подписал он не мне, а маме. Простояв в очереди два с половиной часа, я был вынужден отлучиться в туалет. Когда я вернулся, мама вручила мне книжку с автографом.

Я расстроился из-за того, что мне не удалось познакомиться с Кэнни Сентаццо, зато у меня хотя бы был его автограф.

Я зашёл сегодня в интернет и выяснил, что экземпляр первого издания «Башни друидов» с автографом автора стоит сорок баксов. Этого хватит, чтобы купить рождественские подарки, и у меня ещё останутся деньги на джакузи, которую, по-моему, хочет Маленький дружок Грегори.

Я сказал маме, что собираюсь продать свою книгу, но она этого не одобрила. Она сказала, что я долго стоял в очереди за автографом и буду жалеть о том, что продал её.

Мама сказала, что мои дети никогда не простят мне, что я её продал, поскольку к тому времени, когда они у меня появятся, она будет стоить кучу денег.

Это лишь укрепило моё намерение. Я уже давно решил, что детей у меня НЕ БУДЕТ. Я хочу быть холостяком, как дядя Чарли. Все свои деньги он тратит не на ораву неблагодарных ребятишек, а на путешествия и туалетные сиденья с подогревом.

За то, что я приобщился к серии «Башня друидов», я должен сказать спасибо нашей библиотекарше миссис Шнейдерман, поскольку именно благодаря ей в нашей школьной библиотеке появилась секция «Графические романы».

Не знаю, с каких пор комиксы стали называть графическими романами, но я рад, что теперь их так называют. Некоторые учителя утверждают, что графические романы не имеют отношения к НАСТОЯЩЕЙ литературе, а я считаю так: раз они есть в нашей библиотеке, значит, по ним можно спокойно писать сочинения.

К сожалению, когда миссис Шнейдерман открыла секцию «Графические романы», она закрыла секцию «Лёгкое чтиво». Я обычно брал оттуда книжки для докладов по обществоведению, поскольку за сорок пять секунд можно было пролистать всю книжку.

Когда Абрахам Линкольн был маленьким, он любил читать. Он любил читать много!

В детстве я сам хотел стать писателем. Но всякий раз, когда я начинал делиться с мамой своими идеями, она говорила, что моя история похожа на историю из книжки, которую уже издали.

Я понял, что все стоящие идеи разобрали ещё до моего рождения.

Мама сказала, что, если я хочу стать писателем, мне нужно постараться придумать что-нибудь оригинальное. Но придумать свежую идею было нелегко, поэтому я взял одну из моих любимых книжек и переписал её почти слово в слово — изменения были незначительными.

Когда мама прочитала то, что я написал, она была потрясена и, по-видимому, решила, что я гений или кто-то в этом роде.

Думаю, мама немного преувеличивала. Она отправила мою книжку нью-йоркскому издателю, который сказал, что мое сочинение — плагиат детского бестселлера «Горилла Джеффри».

Мама очень рассердилась на меня за то, что я выдал эту книжку за свою, но меня удивляет, что она не заметила этого, когда *её* читала.

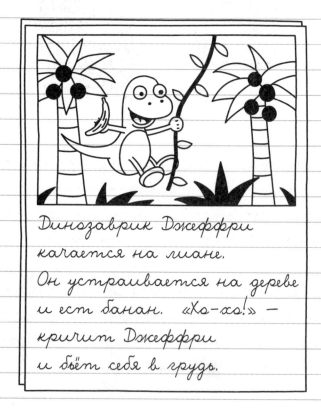

Динозаврик Джеффри качается на лиане.
Он устраивается на дереве и ест банан. «Хо-хо!» — кричит Джеффри и бьёт себя в грудь.

Четверг

Как выяснилось, моему экземпляру первого издания «Башни друидов» грош цена. Вчера вечером я отнёс книгу в магазин комиксов в надежде выручить за *неё* деньги, но парень, который там работает, сказал, что автограф поддельный.

Я сказал, что он мелет ерунду: книгу моей маме подписал сам автор. Но парень из магазина комиксов показал мне каталог, где был автограф Кэнни Сентаццо, — и он совсем НЕ ПОХОЖ на автограф в моей книге.

Я был крайне озадачен, но, пока шёл домой, понял, как это могло случиться. Маме, наверное, надоело стоять в очереди, и она подписала мне книгу САМА. Я мог бы догадаться об этом по надписи.

Тот, кто читает, побеждает!
Читай, и твои мечты станут
реальностью!

Твой друг,

Кэппи

Мама проделывает это уже НЕ В ПЕРВЫЙ РАЗ, поскольку она ТЕРПЕТЬ НЕ МОЖЕТ стоять в очереди.

В детстве я любил фотографироваться в тематических парках с разными сказочными героями. Правда, каждый раз, когда в очереди нужно было постоять хотя бы пять минут, мама проходила в начало очереди и щёлкала сказочного героя с каким-нибудь другим ребёнком, который с ним позировал. Именно поэтому в наших альбомах с фотографиями, сделанными во время каникул, полно фоток случайных людей.

Придя домой, я с книжкой в руках прямиком направился в мамину комнату — и по маминому лицу понял всё. Теперь я знаю, почему она не хотела, чтобы я её продавал.

Надеюсь, мама понимает, что она не получит от меня подарок на Рождество, и она сама в этом виновата.

Пятница

Я всё ещё злился на маму за то, что она подделала автограф Кенни Сентаццо, но сегодня она меня здорово выручила. Роули принёс в школу подарок, и я спросил его, для кого он. Он ответил, что это подарок, который он подарит от имени тайного рождественского друга.

Я СОВСЕМ забыл про подарок, который нужно дарить от имени тайного рождественского друга.

Каждый ученик в школе дарит подарок тому, кому ему выпало, и делает это анонимно.

Я должен был подарить подарок Дину Делароса, которого давно знаю. В третьем классе Дин пригласил меня на день рождения, но мама перепутала даты, и я появился у него на НЕДЕЛЮ раньше.

Мама Дина сказала, что день рождения будут праздновать на следующей неделе, и мы отправились домой.

Но подарок, который мама купила Дину, оказался таким клёвым, что я стал играть с ним сам.

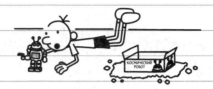

Когда пришла пора отправляться к Дину, у робота оказалась сломана рука, и его пистолет куда-то задевался, поэтому день рождения я решил пропустить.

С тех пор я чувствовал себя виноватым и не хотел оставить сегодня Дина без подарка во второй раз. Поэтому, придя в школу, я попросил секретаря позвонить моей маме и попросить её принести мне кое-что.

Она подоспела вовремя.

Учительница начала раздавать нам подарки от имени тайных рождественских друзей. Я получил банку мармеладных мишек. Наконец под ёлкой остался только один подарок — для Дина.

К сожалению, мама не поняла, что подарок должен быть АНОНИМНЫМ, и мне стало дико неловко, когда учительница прочитала слова на карточке, прилагавшейся к подарку Дина.

ТУТ НАДПИСЬ: «ДИНУ ДЕЛАРОСА ОТ ГРЕГА ХЭФФЛИ, ТАЙНОГО РОЖДЕСТВЕНСКОГО ДРУГА».

Дину, судя по его лицу, хотелось залезть под парту и не вылезать оттуда. Наши желания совпадали.

Суббота

Я был уверен, что на свете есть только одно место,
где можно купить куриные ножки, — рождественский
базар. Но сегодня мы с мамой отправились в продуктовый
магазин, и вы НЕ ПОВЕРИТЕ, что я обнаружил
в отделе с полуфабрикатами.

Я понял, что куриные ножки можно купить где угодно
и что на рождественском базаре нас ОБДИРАЮТ, как
липок. За ту цену, что ты платишь за три-четыре куриные
ножки на школьном базаре, в магазине можно купить
целую КОРОБКУ.

Я понял, что могу теперь накупить себе своих собствен-
ных цыпочек и открыть СВОЙ рождественский базар.

Но сначала мне нужно было закупиться в магазине, пока меня не опередили учителя.

Дети из моего квартала уже занимались чем-то подобным. Прошлым летом Брюс Андерсон со своими шестёрками открыл ресторан для родителей живущих по соседству детей.

Я слышал, они заработали почти триста баксов, и точно знаю, что один из амбалов Брюса купил на причитающуюся ему долю пневматический пистолет новой модели.

Я понимал, что не смогу открыть рождественский базар
в одиночку, поэтому позвонил Роули и попросил его мне
помочь. У меня в подвале мы нашли ёлочные игрушки
и всякие другие вещи, которые можно пустить на продажу. Я подумал, что, если мы хотим конкурировать со
школьным рождественским базаром, нам нужно придумать игры поинтереснее пинг-понга и кидания мешочков
с фасолью.

Роули предложил поставить бочку с водой, чтобы играть
в «бочку-ловушку», но я сказал, что мама вряд ли разре-
шит нам делать это в доме. А кроме того, бочка с водой
у нас уже была, когда мы устроили этим летом ярмарку
с играми во дворе у Роули. Это был КОШМАР.

Мы не сообразили, что парня, сидевшего на бочке
с водой, нужно закрыть в клетке, чтобы он остался цел
и невредим.

Мы с Роули решили, что было бы здорово, если бы
на нашем рождественском базаре появились игровые
автоматы. У нас не было денег на покупку настоящих
игровых автоматов, поэтому мы вытащили из подвала
картонные коробки, чтобы сделать автоматы своими
руками.

Начали мы с «Пакмана», поскольку нам казалось,
что смастерить его пара пустяков. В «Пакмане»
крошечный персонаж бегает туда-сюда и глотает пульки,
а за ним бегают призраки.

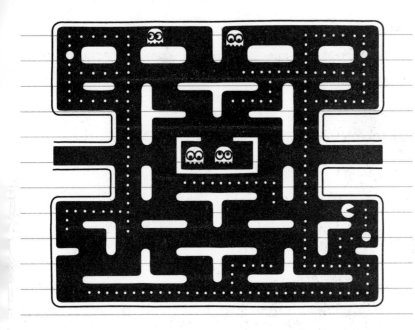

В нашей версии внутри коробки должен был сидеть Роули и управлять призраками, приклеенными к карандашам, а тот, кто играет, должен был стоять снаружи и передвигать Пакмана палочкой от эскимо.

Следующие два часа мы потратили на то, чтобы наша
коробка стала похожа на настоящий автомат.

Пока мы работали, Роули спросил, сколько ему придётся
сидеть в коробке и что ему делать, если он захочет
в туалет. Я дал ему пустую двухлитровую бутылку из-под
газировки на случай, если ему приспичит в первый раз.

Роули спросил, что ему делать, если ему приспичит во
второй раз, и я ответил, что проблемы будем решать по
мере их поступления.

После того, как мы закончили раскрашивать наш автомат, мы начали вырезать дырочки, в которые нужно было просовывать палочки от эскимо.

Но, похоже, мы кое-что не учли, поэтому, как только мы закончили вырезать дырочки по краям, наш лабиринт провалился внутрь.

Короче, я сомневаюсь, что нам удастся заработать на «Пакмане», — если только народ не захочет отдать двадцать пять центов, чтобы посмотреть на Роули, сидящего в коробке.

<u>Воскресенье</u>

Нам с Роули ещё многое нужно сделать для подготовки
к нашему рождественскому базару. Я решил, что будет
лучше сообщить о нём заранее. Мы отправились в редак-
цию городской газеты и сказали, что хотим разместить
в завтрашнем номере цветное объявление на разворот.

Нам ответили, что такие объявления стоят тысячу долларов, и я сказал, что мы могли бы заплатить за него на
следующий день ПОСЛЕ того, как закончится наше меро-
приятие. Но под обещание нам денег не дали — даже
после того, как я сообщил, сколько куриных ножек мы
планируем продать.

Тогда я предложил сотрудникам газеты написать
статью о том, как два хороших мальчика собираются
открыть рождественский базар, и не брать с нас
за это денег.

А в ответ услышал, что наш рождественский базар

не является «новостным поводом».

Не вижу ничего хорошего в том, что газета решает,

какую информацию давать людям, а какую нет.

Я пожаловался дома маме, и она предложила нам

с Роули выпустить СВОЮ газету и написать

о рождественском базаре.

Я подумал, что это ГЕНИАЛЬНАЯ идея, и мы приступили

к работе. Мы придумали название для нашей газеты и со-

чинили передовицу.

Местный СПЛЕТНИК

Раскрыта афера с куриными ножками!

Репортёры «Сплетника» обнаружили махинации с ценами на школьном рождественском базаре, о которых долгие годы никто не подозревал. Любимые многими куриные ножки продавались на школьном базаре по цене, более чем в шесть раз превышающей их розничную стоимость.

«Я возмущён», — заявил постоянный покупатель, пожелавший остаться

См. «НОЖКИ» на стр. 2

Новый базар — альтернатива школьному базару

Скандал с куриными ножками шокировал общественность, и два мальчика решили всё исправить.

«Мы решили открыть свой рождественский базар», — заявил предприниматель Грег Хэффли.

См. «БАЗАР» на стр. 3

Мы понимали, что нужно сделать ещё несколько страниц, чтобы народ воспринял нашу газету всерьёз, и стали размышлять, какие ещё рубрики можно добавить.

Я решил, что нам нужна рубрика «Комиксы», и мы взялись за дело.

Сегодня пятница! Ура!   Роули Джефферсон

Вонючка Себастьян   Грег Хэффли   Нэд Салфеткин   Роули Джефферсон

Мы добавили ещё колонку советов, куда люди пишут о своих проблемах, чтобы им помогли их решить. Но у нас не было времени ждать, пока люди пришлют нам свои вопросы, поэтому мы сочинили их сами.

Спроси Грега

Дорогой Грег!

Что бы я ни делал, моя жена вечно меня критикует. Вчера на улице было прохладно, и я надел носки с сандалиями. Моя жена заставила меня вернуться в дом и надеть ботинки! Мне кажется, она обращается со мной, как с ребёнком, но у неё очень властный характер, и я боюсь ей перечить. Что мне делать?

С уважением,
БЕДОЛАГА

Дорогой БЕДОЛАГА!

Носить носки с сандалиями — это ДУРНОЙ ТОН! Пойди и извинись перед своей женой.

Грег

Дорогой Грег!

Ты женат?

С уважением,
ДАМЫ

Дорогие ДАМЫ!

Да нет же!

Грег

Наша газета вдохновила Роули, и он сказал, что хочет, как настоящий репортёр, собирать разные истории. Я велел, чтобы он походил по кварталу и попробовал раздобыть жареные факты. Но то, с чем вернулся Роули, никак не тянуло на сенсацию.

Весёлый день котёнка

Вчера Пушок наслаждался чудесной погодой.

РОУЛИ ДЖЕФФЕРСОН

Вчера во дворе у миссис Солтер был замечен её котёнок Пушок. Он проказничал. Полтора часа Пушок гонялся за бабочкой, которая порхала вокруг азалий миссис Солтер. Когда бабочка улетела, Пушка очень заинтересовала какая-то зверюшка, которая прыгала возле крыльца. Когда я приблизился, чтобы разглядеть, за кем охотится Пушок, зверюшка ускакала.

Я решил назначить главным редактором себя, чтобы решать самому, что ставить в номер, а что нет. Ведь если Роули будет продолжать в том же духе, наша газета превратится в раскраску для маленьких девочек.

Мама посоветовала нам пообщаться с предпринимателями из деловой части города и выяснить, не желает ли кто-нибудь из них оплатить у нас рекламу, чтобы мы могли покрыть расходы, связанные с выпуском первого номера. Единственным, кто выразил готовность разместить у нас рекламу, оказался Тони из пиццерии «Пицца папы Тони». Уверен, что причина, по которой он согласился нам помочь, заключается в том, что мы бываем у него как минимум два раза в неделю, и ему не хотелось терять клиентов.

Денег, которые Тони нам дал, хватило на покупку цветных картриджей, и мы напечатали сотню номеров.

Понедельник

Вчера мы ходили по городу и пытались продать нашу газету, но её никто не хотел покупать, и в итоге мы стали раздавать её бесплатно. Когда мы вручили газету Тони, он, похоже, не обрадовался, что реклама его пиццерии и негативный отзыв о ней оказались по соседству.

Пиццерия папы Тони оставляет желать лучшего!

КУЛИНАРНЫЙ КРИТИК ГРЕГ ХЭФФЛИ

Вы заметили, что за последнее время пиццерия папы Тони опустилась ниже плинтуса?

Всё началось с того, что из меню убрали пиццу с курицей гриль и заменили её пиццей со шпинатом.

После этого перестали продавать виноградную газировку. Пиццерия папы Тони была единственным местом в городе, где можно было купить виноградную газировку, поэтому теперь я вынужден пить шипучку рутбир — с виноградной газировкой это не имеет ничего общего.

Газировку часто смешивают с сиропом неправильно, поэтому вам приходится пить либо газировку, либо кукурузный сироп с осадком. Я считаю, что вас нарочно поят дрянной газировкой, чтобы вы купили газировку в банке, которая стоит в два раза дороже.

Моё последнее замечание касается салфеток. Раньше вы могли брать столько салфеток, сколько хотели. Теперь Тони разрешает вам брать только две салфетки, а если вы берёте ещё, он бросает на вас недовольный взгляд.

Пицца папы Тони

Две пиццы по цене одной

Закажите одну пиццу и получите вторую БЕСПЛАТНО!

Расскажите о нашем предложении, и ваш заказ станет на доллар дешевле.

ПРЕДЛОЖЕНИЕ ДЕЙСТВУЕТ ДО 31 ДЕКАБРЯ.

Я сказал Тони, что, если он оплатит БОЛЬШЕ рекламы в нашем СЛЕДУЮЩЕМ номере, мы сможем договориться о более положительном отзыве.

У нас осталась ещё целая куча экземпляров, и, раз уж мы раздаём их бесплатно, я подумал, что мог бы сбагрить их школе.

Но когда я начал раздавать газету ребятам при входе,
завуч Рой спросил меня, что я делаю.

Он сказал, что я не имею права раздавать номера
«незарегистрированного издания» на территории школы
и что ему придётся их конфисковать.

Но я прекрасно понял, что стояло за этим
НА САМОМ ДЕЛЕ. Завуч Рой просто испугался,
что наш рождественский базар оставит школу
совсем без денег.

Когда после обеда я пришёл из школы домой,
то всё ещё был возмущён случившимся и решил,
что буду бороться и не позволю завучу Рою
нас закрыть.

Завуч Рой забрал у нас тираж, но я решил, что сделаю объявления сам и расклею их по городу.

Я знал, что картон и маркеры для школьных проектов мама хранит в комнатке, где стоит стиральная машина, и взялся за работу. Я использовал неоновый картон зелёного цвета, потому что хотел, чтобы наши объявления было видно за километр.

Я закончил изготавливать объявления вскоре после ужина, позвонил Роули и попросил его прийти и помочь мне их расклеить. Мы начали со школы, поскольку я решил, что раскленные на стене здания объявления заметят многие родители, когда утром приведут своих детей на занятия.

Но, пока мы расклеивали листы, пошёл дождь, и маркер потёк с наших объявлений. Скоро на них уже ничего нельзя было разобрать.

И когда мы их сняли, то пришли в ужас. Зелёная краска с картона тоже потекла, и на кирпичной стене остались большие зелёные кляксы.

Мы пытались стереть зелёную краску со стены, но она оказалась стойкой, как несмываемые чернила.

Я понимал, что большие зелёные кляксы на стене оставлять нельзя, и начал думать, как нам быть. В этот момент с улицы кто-то крикнул.

Мы с Роули запаниковали и бросились бежать. Позади остались стоянка и рощица, через которую мы напрямик ходили в школу, а мы всё бежали и бежали. Остановились мы только тогда, когда наконец поняли, что оторвались от нашего преследователя.

Зря мы убежали: если бы мы остались на месте и всё объяснили, то, возможно, всё закончилось бы хорошо. Я не знаю, кто был тот человек, окликнувший нас, — чей-то родитель, полицейский или КТО-ТО ещё. Я только надеюсь, что он нас не узнал. Потому что в противном случае у нас могут быть КРУПНЫЕ неприятности.

Вторник

Проснувшись сегодня утром, я подумал, что всё случившееся прошлым вечером привиделось мне в кошмарном сне. Но потом я увидел на кухонном столе газету.

Дейли Геральд

Вандалы изуродовали здание средней школы

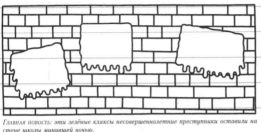

Главная новость: эти зелёные кляксы несовершеннолетние преступники оставили на стене школы минувшей ночью.

Фотороботы вандалов, составленные полицией по описанию свидетеля.

Подозреваемые столкнулись со случайным прохожим и скрылись с места преступления.

Минувшей ночью под покровом темноты и дождя вандалы учинили бесчинство. Они испортили фасад городской средней школы большими ярко-зелёными кляксами.

Что означают эти зелёные кляксы, выяснить пока не удалось, но полиция полагает, что они могут иметь отношение к названию банды.

«За последние полгода уличные художники нанесли серьёзный ущерб городским зданиям», — заявил сержант Петерс, офицер городского отделения полиции.

См. «ВАНДАЛЫ» стр. 2

Итак, теперь я преступник. Хотите верьте, хотите нет, но в преступлении, которого я не совершал, меня обвиняют уже НЕ В ПЕРВЫЙ РАЗ.

Когда я был бойскаутом, я пытался заработать значок, которым награждали за участие в проекте по соцобслуживанию. Для этого мне нужно было сделать какое-нибудь доброе дело. Мама посоветовала мне съездить в дом престарелых и найти там какого-нибудь пожилого человека, которому нужно помочь донести сумки с продуктами или оказать ещё какую-нибудь услугу. Она попросила Родрика отвезти меня туда.

145

Когда мы припарковались на стоянке возле дома престарелых, то увидели одну даму, у которой был такой вид,
как будто она потерялась.

Мы спросили даму, не требуется ли ей помощь, и она
сказала, что идёт в супермаркет, который расположен
напротив дома. Но мне было известно, что ближайший
супермаркет находится в противоположной стороне и до
него почти пять километров. Мы сказали ей, что под-
везём её.

Но с одним условием: она сядет на заднее сиденье,
потому что место рядом с водителем я уже занял.

Мы высадили женщину возле супермаркета и поехали
домой. Не успели мы войти в дом, как я с радостью
сообщил маме о том, какое доброе дело я сделал. Я рассказал ей о даме и о том, как мы отвезли *её* в супермаркет, который находится в нескольких километрах от
дома престарелых, и ей не пришлось тащиться туда
пешком.

Но мама сказала, что рядом с домом престарелых построили новый супермаркет и женщина, скорее всего, направлялась ТУДА. Это означало, что мы увезли её за пять километров от места, куда она пыталась дойти, и теперь она не может вернуться домой.

Мама велела, чтобы мы сели в фургон и попытались отыскать эту даму, и мы поехали в супермаркет, где её высадили. Но кассир сказала нам, что она уже всё купила и ушла.

Позднее мы даму нашли: она шла по шоссе и несла сумки с продуктами.

Мы попытались предложить ей поехать с нами назад

в дом престарелых, но она категорически отказалась

садиться в фургон.

Добравшись до дома, она, видимо, позвонила на местное

телевидение и сообщила про нас — в результате мы

попали в вечерние новости.

Правда, по сравнению с киднеппингом вандализм кажется мне КУДА БОЛЕЕ тяжким преступлением. К счастью, фотороботы из газеты, составленные по описанию свидетеля, не имели ничего общего ни со мной, ни с Роули, поэтому я надеялся, что, может быть, нас ПРОНЕСЁТ. Но, когда я пришёл в школу, все разговоры были только о том, кто стоит за зелёными кляксами.

На третьем уроке в школе устроили общее собрание. Темой собрания стали пресловутые граффити на стене школы. Завуч Рой сказал, что кто-то обрызгал фасад краской из баллончика и он уверен, что злоумышленники учатся в нашей школе.

Он сказал, что в зале сидит человек, которому известно, чьих это рук дело, и что жить с «чувством вины» очень тяжело. Затем он сказал, что повесит в столовой ящик с замком, чтобы этому человеку было легче оставить анонимное послание.

Во время завтрака я понял, что Роули до смерти
напуган, поэтому я напомнил ему, что «вандализм» —
это всё глупости, мы с ним не сделали ничего плохого.
Но Роули сказал, что, если у него будет судимость,
он не сможет ни поступить в колледж, ни устроиться
на работу, и его будущее будет загублено.

Мне потребовалось время, чтобы убедить его в том,
что ему просто нужно сохранять спокойствие и ждать,
когда всё уляжется.

После завтрака в школу прибыла ПОЛИЦИЯ, и завуч Рой
начал вызывать детей в свой кабинет одного за другим.
Сначала я переполошился, решив, что нас опознали, но
потом догадался, что завуч Рой вызывает самых отпетых
хулиганов.

Тут мне стало ясно, что у них нет никаких доказа-
тельств, и я немного расслабился.

ДЕННИС РУТ, СПУСТИТЕСЬ, ПОЖАЛУЙСТА,
В КАБИНЕТ ЗАВУЧА.

На переменке один парень по имени Марк Рэмон рассказал,
как проходил допрос. Перед полицейскими стоял какой-то
прибор, который, как они сказали, был детектором лжи. Они
утверждали, что его нельзя провести, поэтому врать бесполезно.

детектор
лжи

«Детектор лжи», по словам Марка, явно был самым
обыкновенным ксероксом. Но каждый раз, когда Марк
говорил что-то такое, что вызывало у полицейских подозрение, сержант Петерс нажимал на ксероксе кнопочку,
и оттуда вылезал лист бумаги.

Он врёт.

Видимо, полицейские в итоге выдохлись, поскольку вскоре после завтрака завуч Рой перестал вызывать детей в свой кабинет, и я понял, что мы с Роули можем вздохнуть с облегчением.

Среда

Когда я пришёл сегодня в школу, я был уверен, что инцидент с зелёной краской исчерпан. Поэтому здорово удивился, когда услышал во время утренних объявлений по громкоговорителю СВОЁ имя.

ГРЕГ ХЭФФЛИ, НЕМЕДЛЕННО ЗАЙДИТЕ В КАБИНЕТ ЗАВУЧА РОЯ.

Я вошёл в кабинет завуча Роя, и он велел мне сесть.
Он сказал, что ему известно, что я являюсь одним
из «правонарушителей», испортивших стену школы
зелёными кляксами, и спросил, могу ли я сказать
что-нибудь в своё оправдание.

Я стал искать взглядом детектор лжи, но не увидел его
и решил, что лучше буду помалкивать или, в крайнем
случае, попрошу себе адвоката. Завуч Рой достал из
ящика для анонимных посланий лист бумаги и показал
его мне.

Я и Грег Хэффли испортили
стену школы.

Мне сразу всё стало ясно.

Роули признался, но себя не разоблачил.

Не знаю, умышленно ли Роули это сделал, или потому, что он законченный тупица, — я всё-таки склоняюсь ко второму варианту.

Я не видел смысла прикидываться дурачком и всё рассказал завучу Рою: про объявления, про то, как под дождём с картона потекла краска, и как мы запаниковали и бросились бежать.

Завуч Рой подумал немного и сказал, что мне следовало прийти и сознаться в содеянном раньше. Он сказал, что накажет меня, чтобы это послужило мне уроком, и велел мне смыть со стены зелёную краску раствором хлорки после занятий.

Затем он поставил меня перед выбором.

Он предложил мне назвать имя своего «сообщника» или отработать наказание в одиночку.

Выбор, скажу я вам, был не из лёгких. Мне очень хотелось заложить Роули, поскольку он написал моё имя на листке бумаги. С другой стороны, я не видел смысла в том, что мы оба должны отвечать за то, во что, по большому счёту, втянул его я.

Поэтому я решил, что на этот раз буду отдуваться за двоих.

И, если Роули поступит в престижный колледж или устроится на работу своей мечты, надеюсь, он не забудет меня отблагодарить.

<u>Четверг</u>

На то, чтобы стереть со стены зелёную краску, у меня вчера ушло два часа — мне пришлось попотеть. Я пытался уговорить завуча Роя принести мне несколько металлических мочалок, чтобы я мог быстрее управиться, но он сказал, что у меня есть хлорка.

Домой я пришёл только около пяти часов вечера и увидел на парадной двери записку. Я чуть в *обморок* не упал, когда *её* прочитал.

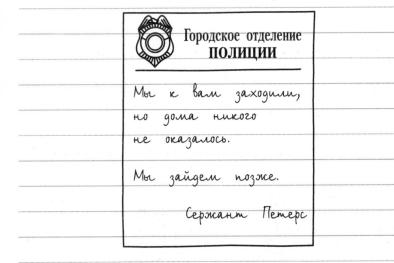

Городское отделение
ПОЛИЦИИ

Мы к вам заходили, но дома никого не оказалось.

Мы зайдем позже.

Сержант Петерс

<u>Я НЕ МОГ ПОВЕРИТЬ</u>, что завуч Рой выдал меня полиции. Мне казалось, что всё останется между нами, что, раз я отработал *своё* наказание, с этим покончено раз и навсегда.

Я знаю одно: за решётку я не отправлюсь. В этом году наш класс водили в городскую тюрьму на экскурсию «Вгоним в дрожь». Заключённых попросили рассказать нам, как им живётся в тюрьме, и их рассказы привели нас в ужас.

Но меня напугало даже не то, что заключённым приходится сидеть взаперти, а то, что туалеты в камерах не имеют кабинок.

Личное пространство ОЧЕНЬ МНОГО для меня значит. В школе я и так страдаю от того, что, когда кто-то из нашего класса возвращается из туалета, у него начинают выпытывать подробности.

Закон я раньше никогда не нарушал — правда, когда я был маленький, мне ПОКАЗАЛОСЬ, что я закон нарушил. Одно время в нашем супермаркете проводили акцию «Кексовый клуб»: все, кто был моложе восьми лет, могли взять один кекс бесплатно. У меня даже была членская карточка.

Так вот, я продолжал брать по одному кексу даже ПОСЛЕ ТОГО, как мне исполнилось восемь, и каждый раз, когда я это делал, мне казалось, что меня вот-вот застукают. Однажды, КАК ТОЛЬКО я откусил кусочек клубничного кекса с глазурью и крошкой, сработала сигнализация.

Сейчас, вспоминая это происшествие, я почти не сомневаюсь, что кто-то по чистой случайности задел кнопку пожарной сигнализации, но тогда я был уверен, что моя песенка спета; с минуты на минуту нагрянут копы и арестуют меня.

И я дал дёру. Мне повезло, что мама нашла меня неподалёку от супермаркета: ведь я как-никак был беглым и, стало быть, встал на преступный путь.

Но вандализм всё-таки будет посерьёзнее истории
с членской карточкой «Кексовый клуб».
Поэтому, когда мама с Мэнни вернулись домой,
я маме ничего про записку не сказал.

Кто меня беспокоит, так это ПАПА. Он точит
на меня зуб. Сегодня утром между нами произошёл
конфликт, и я уверен, что он до сих пор мне этого
не забыл.

Дело было так: я спал, когда меня разбудил громкий
стук в парадную дверь, но мне было совсем неохота
вылезать из тёплой кровати, чтобы её открыть.
Поэтому я продолжал лежать.

Я надеялся, что, кто бы там ни стучался, он сейчас уйдёт и вернётся позже.

Но стук становился всё громче — человек у двери вёл себя, как маньяк. Я спрятался под одеяло и стал молиться, чтобы этот человек, кем бы он ни был, не выломал дверь.

Я хотел позвонить в полицию, но вспомнил, что сам нахожусь в розыске, поэтому мне нужно решить эту проблему самому.

В конце концов я набрался храбрости, спустился на первый этаж и взял из гаража бейсбольную биту, чтобы защищаться.

Через секунду всё стихло. Я отдёрнул занавеску, чтобы поглядеть, ушёл ли этот человек. До чего же я удивился, когда увидел на крыльце ПАПУ.

Его галстук прищемило дверью, а ключи он оставил дома, поэтому не смог освободиться сам, и ему понадобилась моя помощь.

Уверен, что после случившегося папа не упустит возможность сплавить меня в тюрьму для несовершеннолетних правонарушителей.

Если он будет дома, когда придут полицейские, уверен, он не моргнув глазом меня сдаст.

Оказывается, неприятностей от папы можно не ждать — по крайней мере, в ближайшие двадцать четыре часа. Сегодня вечером, ближе к ужину, начался сильный снегопад, и папа позвонил маме и сказал, что ехать домой слишком опасно, поэтому он переночует в гостинице рядом со своим офисом.

Значит, до завтра у меня есть время, чтобы что-нибудь придумать.

Похоже, у меня будет больше времени, чем я
рассчитывал. Всю ночь шёл снег, и, когда сегодня утром
я проснулся, то увидел за окном трёхметровые сугробы.
В школе даже отменили занятия.

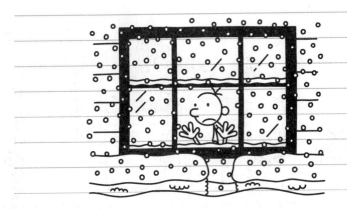

Судя по всему, нас накрыла СНЕЖНАЯ БУРЯ. Вчера
вечером мне звонил Роули, чтобы предупредить, что
скоро выпадут тонны снега, но я ему не поверил.

Каждый год, примерно в это время, Роули звонит мне,
чтобы предупредить о приближении снежной бури,
но каждый раз тревога оказывается ложной. Несколько
лет назад его семья решила записать на кассету праздничное шоу, и в тот вечер, когда они его записывали,
внизу экрана появилось предупреждение «неблагоприят-
ные метеоусловия».

С тех пор это предупреждение появляется у них на экране постоянно.

Каждый раз, когда Роули смотрит это праздничное шоу, он звонит мне и предупреждает, что приближается снегопад. Одно время я на это покупался, но после того, как он позвонил мне в панике, когда смотрел праздничное шоу во время летних каникул, перестал ему верить.

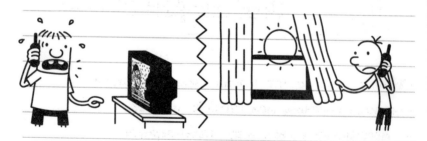

Но на этот раз нас, похоже, и правда завалило снегом. При других обстоятельствах я был бы рад, что сижу дома, поскольку у меня был бы отличный предлог, чтобы целый день играть со своим виртуальным питомцем.

Но мой аккаунт заблокирован — и всё благодаря Мэнни.

Пару дней назад мама решила, что было бы неплохо
научить Мэнни пользоваться компьютером,
и, пока я был в школе, разрешила ему войти
в мой аккаунт и поиграть с моим виртуальным
питомцем. Когда я пришёл домой, Мэнни уже успел
обменять всё моё имущество на жетоны и продуть их
в виртуальном казино.

Но хуже всего то, что Мэнни каким-то образом
ухитрился изменить мой ПАРОЛЬ, и теперь я
не могу играть в свою игру, чтобы вернуть
себе всё, что заработал. Последние несколько дней
мне приходят сообщения от «Виртуальных питомцев»
с призывом вернуться на сайт, но это, увы,
не в моих силах.

Если в ближайшее время ничего не изменится, то мой чихуахуа, наверное, умрёт от горя.

КОМУ: Хэффли, Грегори
ОТ КОГО: от «Виртуальных питомцев»
ТЕМА: SOS!

Дорогой Грегори!
Маленький дружок
Грегори скучает
по тебе!

Пока ещё не поздно,
купи жетоны для своего
виртуального питомца!

Мэнни изменил не только пароль для сайта «Виртуальные питомцы». Он повозился в настройке телевизора и изменил «пароль родительского контроля».

При помощи этого пароля родители могут блокировать доступ к тем передачам, которые, на их взгляд, не нужно смотреть детям. Но Мэнни что-то изменил в настройке, и теперь мы смотрим только ЕГО любимые шоу. Мы предлагаем ему всевозможные взятки, но он наотрез отказывается сообщить нам пароль.

К счастью, я могу играть в приставку. Правда, недавно мама купила программу для фитнеса дома и теперь занимается по часу каждый день, используя мой проигрыватель.

Когда несколько недель назад похолодало, мама сказала, что хочет, чтобы вся наша семья выполняла её упражнения, чтобы мы оставались зимой в хорошей физической форме. Я попробовал, но мне не нравится потеть, когда я играю в приставку.

Проблема в том, что эта программа ведёт учёт, сколько упражнений за день ты сделал. Поэтому мне влетело от мамы за то, что я их не делаю. Через некоторое время я сообразил, что мне незачем напрягать своё тело, когда я могу воспользоваться записывающим устройством, — и за несколько дней набрал высшие баллы.

Когда мама увидела мои баллы, она восприняла это как личный вызов. Наверное, мне стоило сознаться, что эти баллы я заработал нечестным путём. Но, пытаясь выбить-ся в лидеры, мама успела похудеть на пять килограммов, поэтому я думаю, что ради её же пользы мне лучше помалкивать.

Мама без конца твердит, что я должен меньше времени проводить на диване и больше заниматься спортом. Я смотрю на это иначе: я коплю силы на потом. Когда всем моим друзьям будет за девяносто и их организмы выработают свой ресурс, я начну расходовать накопленную энергию.

Сегодня утром мама хотела включить канал, по которому передают погоду, чтобы узнать, когда прекратится снегопад, но Мэнни не пожелал сообщить пароль родительского контроля, поэтому мама пошла на кухню и включила радио.

Из сообщений синоптиков мы узнали, что ближайшей ночью может выпасть ещё полтора метра снега, а значит, этот снегопад, когда он закончится, установит в нашем штате новые рекорды.

С одной стороны, я был счастлив, поскольку у меня появилось больше времени, чтобы придумать, как выкрутиться из ситуации с полицией. Но с другой стороны, я был встревожен. Снега навалило уже по наш почтовый ящик, а снегопад, судя по всему, и не думал прекращаться.

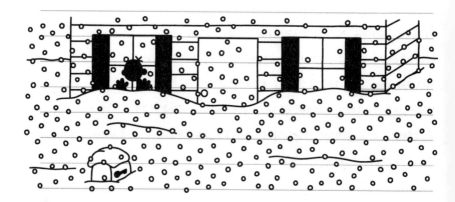

Мама из-за снегопада не переживала. Она сказала, что это хорошая возможность сбавить темп и расслабиться, и велела мне спуститься в кладовую и принести оттуда пазл.

Но я НЕ мог принести из кладовой пазл. Я до смерти боюсь пазлов, потому что однажды, когда я взял в подвале пазл и открыл коробку, обнаружил в ней целую кучу СВЕРЧКОВ, которые устроили там себе гнездышко.

После ланча мама сказала, что, пока мы
не ходим в школу, она будет следить за тем,
чтобы мы не отстали от программы. Она сказала,
что двести лет тому назад все дети занимались
в одной классной комнате и что мы могли бы учиться
так у себя дома.

Если бы двести лет тому назад я занимался бы в одной
комнате с ровесниками Мэнни, я бы чокнулся.

Суббота

Вчера вечером, чтобы мы не скучали, мама принесла из подвала одну вещь. Она нашла набор фокусника, который мне подарили на мой шестой день рождения, — всё, что нужно для фокусов, было на месте.

Я никогда не играл в фокусника, потому что, когда мне этот набор подарили, не умел читать инструкции. Но сегодня я прочитал инструкцию и попробовал показать пару фокусов.

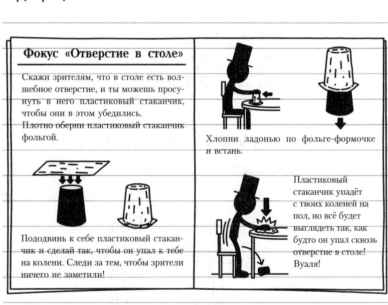

Фокус «Отверстие в столе»

Скажи зрителям, что в столе есть волшебное отверстие, и ты можешь просунуть в него пластиковый стаканчик, чтобы они в этом убедились.
Плотно оберни пластиковый стаканчик фольгой.

Хлопни ладонью по фольге-формочке и встань.

Пододвинь к себе пластиковый стаканчик и сделай так, чтобы он упал к тебе на колени. Следи за тем, чтобы зрители ничего не заметили!

Пластиковый стаканчик упадёт с твоих коленей на пол, но всё будет выглядеть так, как будто он упал сквозь отверстие в столе! Вуаля!

Первый фокус получился отлично — Мэнни поверил, что в столе и правда есть волшебное отверстие.

Зря я показал этот фокус Мэнни. Пока мама умывалась в ванной, Мэнни взял с туалетного столика *её* очки и принёс их на кухню, чтобы попробовать сделать фокус самому.

Когда мама вышла из ванной и стала искать свои очки, мне пришлось рассказать ей, что случилось.

Без очков мама почти ничего НЕ ВИДИТ, поэтому она сказала, что нам с Родриком придётся помогать ей с Мэнни, пока папа не приедет домой и она не купит себе новые очки. Родрик заявил, что ему нужно срочно делать домашнее задание, и улизнул в подвал, а Мэнни оставил на меня.

Я должен был почистить Мэнни зубы, завязать ему шнурки, а потом приготовить ему завтрак.
Я налил в тарелку молока и насыпал в неё хлопья, которые Мэнни любит больше всего.

Мэнни расстроился из-за того, что я сначала налил молока, и закатил истерику. Он потребовал ещё одну тарелку с хлопьями, поскольку, по его словам, я всё сделал не в той последовательности.

Но я не хотел, чтобы тарелка с вкусными хлопьями пропала зря, и отказался выполнять требование Мэнни.

Мама спросила, что происходит, и я ответил, что Мэнни валяет дурака. Я думал, она меня поддержит и велит Мэнни съесть те хлопья, что я уже приготовил.

Но мама сказала, что она бы тоже не стала есть хлопья, если бы в тарелку сначала налили молока.

Знаете, в давние времена взрослых уважали за то, что они были мудрыми, и приходили к ним разрешить свои споры.

ЗА СВОИ ПРЕГРЕШЕНИЯ ПЕРЕД СОСЕДОМ ТЫ ДОЛЖЕН ОТДАТЬ ЕМУ ПЕТУХА И ТРЁХ НЕСУШЕК.

С тех пор мир изменился, и я часто спрашиваю себя, должны ли взрослые быть главными.

Мама поднялась наверх принять душ и, когда закончила его принимать, прокричала, что в ванной нет полотенец. Я взял из шкафа полотенце и попытался его ей передать. Но это оказалось не так просто, поскольку она ничего не видела, а мои глаза были плотно закрыты.

Через какое-то время Мэнни захотел в туалет,
и мама сказала, чтобы я пошёл с ним и его «развлёк».
Я категорически отказался, поскольку хорошо понимал,
чего она от меня хочет. Раньше, когда Мэнни садился
на горшок, он требовал, чтобы мама ему читала.
Ну а дальше — больше.

После того, как Мэнни сделал свои дела, мама сказала,
чтобы я приготовил ему ланч. Она сказала,
что он любит хот-доги, и я достал из холодильника
хот-дог и положил его в микроволновку.

Мама сказала, что Мэнни далеко не безразлично,
как намазана на хот-дог горчица, и предупредила,
что он предпочитает прямую полоску посередине.
Я не хотел, чтобы Мэнни ещё и за ланчем закатил
истерику, и постарался сделать полоску горчицы
как можно прямее.

Я был абсолютно уверен, что всё сделал как надо.

Мэнни опять начал вопить. Я решил, что полоска
получилась кривоватой, взял салфетку и удалил
ею горчицу, чтобы сделать новую полоску.
Но Мэнни, видимо, решил, что этот хот-дог испорчен,
поэтому мне пришлось приготовить в микроволновке
ещё один.

На этот раз я намазывал горчицу очень старательно, но,
когда показал хот-дог Мэнни, реакция была прежней.

Мама попросила меня описать, как я это делаю. Я сказал, что выдавливаю горчицу на хот-дог так, чтобы получилась прямая горизонтальная линия.

Но мама сказала, что Мэнни предпочитает ВЕРТИКАЛЬНУЮ линию, и, когда я её ему сделал, он наконец успокоился.

Видите, какой ерундой мне приходится заниматься. Я смотрел много фильмов, где парень моего возраста обнаруживает у себя сверхъестественные способности и получает приглашение в специальную школу магов. Что ж... сейчас, по-моему, САМОЕ ВРЕМЯ получить такое приглашение.

Воскресенье

Сегодня, в десять утра, мама велела мне спуститься в подвал и разбудить Родрика. Но, когда я сошёл по ступенькам вниз, я понял, что случилось неладное.

Пол в подвале был затоплен как минимум на МЕТР. Наверное, земле было уже не под силу держать столько снега, и поэтому подвал затопило.

Я попросил маму спуститься поскорее в подвал, и когда она сделала это, то СТРАШНО расстроилась оттого, что многие вещи оказались испорчены. А мне, по правде сказать, некоторых вещей, плававших в воде, было СОВСЕМ НЕ ЖАЛКО.

У каждого из нас, детей, есть своя «коробочка воспоминаний», которую нам завела мама. Моя коробка стояла на нижней полке и почти вся ушла под воду. В ней, помимо всего прочего, хранился календарь «сухих» и «мокрых» ночей, который мама вела, когда мне было восемь лет.

В своё оправдание хочу сказать: в кровать я писался по очень уважительной причине. Я пил тогда на ночь много воды, видел страшные сны, и мне хотелось по-маленькому.

В конце концов я понял, как справиться с этим, —
но не раньше чем в моём календаре появилось пять
грустных смайликов подряд.

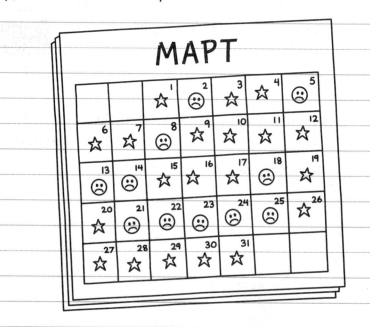

Несколько школьных альбомов за начальные классы тоже
промокли — мне их тоже было не жалко.

В коробке воспоминаний лежал школьный альбом за
пятый класс, в нём была одна школьная фотография, для
которой нам самим разрешили выбрать фон.

Я оказался единственным ребёнком во всей школе, кто
выбрал фон «природа».

| Хейверли,
Джордан | Хит,
Оливия | Хэффли,
Грегори | Генри,
Джаред |

Я знал, что лучше выбрать стандартный фон, но мама уговорила меня на «природу», когда из школы прислали форму для заполнения с образцами.

> ВЫБЕРИ ВОТ ЭТОТ!
> ТЫ БУДЕШЬ ВЫГЛЯДЕТЬ
> ОЧЕНЬ МУЖЕСТВЕННО!

Я и правда не понимаю, почему мама так расстроилась. Почти все вещи, которые затопило, оказались в подвале не просто так: мы ими давно уже НЕ ПОЛЬЗОВАЛИСЬ. Больше всего мама горевала из-за «карусели с ложечкой», которую пять или шесть лет назад нам подарила Гэмми.

Кажется, мы собирались коллекционировать ложечки из разных стран, но дальше Канады мы не уехали.

Когда мама увидела, что один из наших семейных альбомов безнадёжно испорчен, мне стало её очень жалко.

Несколько лет назад мама увлеклась скрапбукингом и потратила массу времени на вырезание картинок, которые она наклеивала на страницы, чтобы получилось красиво.

Но в этом альбоме была одна страница, которая мне не нравилась, поскольку Родрик всё время меня ею дразнил. Страница, где я реву на ярмарке штата, потому что не хочу кататься на пони.

СПАСИТЕ!

*Грегори впервые сел на пони.
Это не доставило ему
удовольствия.*

Родрик утверждает, что я испугался пони, но это неправда. Я испугался парня, который ДЕРЖАЛ пони, — его мама вырезала.

Кстати, о Родрике: потоп, похоже, был ему по барабану.
Уверен, что, если бы я его не разбудил, он бы так и продолжал дрыхнуть, даже если бы его кровать выплыла
в коридор, а оттуда — на улицу.

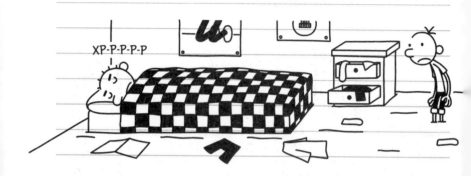

Оставшаяся часть дня прошла ужасно. Вода в подвале
продолжала прибывать, поэтому нам пришлось устроить
эстафету с ведёрками Мэнни.

Папа звонил нам из гостиницы, чтобы узнать,
как у нас дела, и мама рассказала ему, что случилось.
Папа сказал, что ему очень жаль, что его нет дома
и он не может нам помочь, но что-то подсказывает мне,
что он был доволен, как у него всё сложилось.

Я бы С РАДОСТЬЮ поменялся с папой местами —
ведь в его распоряжении чистая комната и двуспальная
кровать.

Мама сказала нам с Родриком, что, поскольку подвал
затопило, Родрику придётся спать в МОЕЙ комнате.
Она сказала, что опыт «совместного проживания»
пойдёт нам на пользу и станет хорошей подготовкой
к колледжу.

Мы с Родриком уже жили в одной комнате целые выходные прошлым летом. Мама с папой решили отвезти Мэнни в парк развлечений для малышей, и нам пришлось несколько дней оставаться у бабушки. У бабушки есть комната для гостей, поэтому я решил, что один из нас будет спать на её диване, а другой — на кровати в комнате для гостей.

Но бабушка сказала, что комната для гостей «занята» и спать в ней мы не можем. Она предоставила комнату Пупсу — собаке, которую мы ей отдали. Его сейчас просто не узнать: бабушка так его раскормила, что он стал похож на раздувшегося клеща, который вот-вот лопнет.

Бабушка сказала, что мы с Родриком можем лечь на раскладном диване, который стоит у неё в гостиной.

Но этот диван накрыт целлофановой плёнкой, поскольку бабушка опасается, как бы мы, дети, на него что-нибудь не пролили.

Так что весь уикэнд мы с Родриком спали на двуспаль- ном раскладном диване. Каждое утро я просыпался в луже пота. Даже не знаю, чей это был пот, — его или мой.

Уверен, что в тюрьме заключённые спят на двухъярусных кроватях, поэтому, если меня отправят за решётку, то у меня, по крайней мере, будут гораздо более комфорт- ные условия для сна, чем те, что были у меня этим летом в доме у бабушки.

<u>Понедельник</u>

После того, как я провёл двенадцать часов в одной комнате с Родриком, я начал подумывать о том, чтобы отправиться в полицию и сдаться. Ведь полицейским никогда не придумать такого наказания, какое придумали мне дома.

Вчера вечером Родрик принёс из подвала свои манатки и разложил их в моей комнате. В мою комнату его пустили на время, но Родрик ведёт себя так, как будто решил поселиться здесь навсегда.

На стопки книг Родрик поставил свои барабаны, чтобы они высохли, и разбросал ПО ВСЕЙ комнате свою грязную одежду.

Сегодня утром я стал одеваться и надел трусы, которые лежали на моей тумбочке. Когда я понял, что это гряз-ные трусы Родрика, было уже слишком поздно.

Поэтому, пока мама не постирала ворох белья, я ходил в костюме для Хэллоуина. В нём было неудобно, но у меня была хотя бы уверенность в том, что он ЧИСТЫЙ.

Сегодня днём мы спустились в подвал, чтобы посмотреть, можно ли спасти что-нибудь от потопа.

Я заметил, что в кладовой плавает что-то странное, и, когда я это поднял, то чуть не упал в обморок.

Сначала мне показалось, что это ребёнок, но потом понял, что это Умелый Друг — мой без вести пропавший пупс.

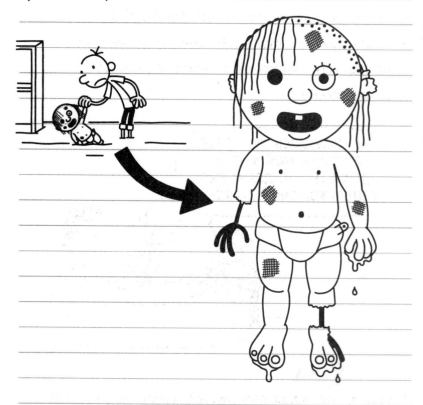

За то время, что мы не виделись, Умелый Друг заметно сдал. По-видимому, он побывал в зубах у мыши, к тому же целый день пролежал в воде, что тоже не пошло ему на пользу.

Тем не менее я испытал странную радость от встречи с ним. После его исчезновения я долгие годы жил с чувством вины, а теперь узнал, что всё это время он был дома.

Я никак не мог понять, как он очутился в кладовой. Но потом догадался, что тут НЕ ОБОШЛОСЬ без папы. Он не хотел, чтобы мне покупали пупса, и, по-видимому, избавился от моего Умелого Друга, когда я отвлёкся.

НЕ ПОЯВИЛАСЬ ЛИ У ТЕБЯ ПОТНИЦА, МОЙ УМЕЛЫЙ ДРУГ? ТЫ ТАК ДОЛГО БЫЛ В ЭТОМ ВОНЮЧЕМ ПАМПЕРСЕ!

Я решил, что, когда папа придёт домой, я уличу его в похищении моего пупса, а пока меня волновали вопросы поважнее. Самым важным из них был вопрос, чем мне ПИТАТЬСЯ.

За последние несколько дней у нас закончились почти все продукты, и, если снег в скором времени не растает, я не знаю, ЧТО мы будем делать.

Когда начался снегопад, мама как раз собиралась в магазин за продуктами, поэтому еды у нас оказалось меньше, чем обычно. Мама сказала, что до тех пор, пока она не выйдет на улицу, нам придётся «экономить».

Возможно, это продлится несколько дней. У нас под дверью выросли трёхметровые сугробы, и мы оказались запертыми в четырёх стенах.

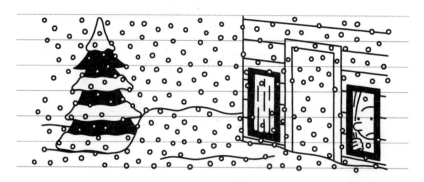

А тут ещё Родрик портит еду, которой у нас и так осталось НЕМНОГО. Он пьёт молоко из пакета, и я ни за что больше к этому пакету не притронусь.

Я страшно злюсь на папу, ведь если бы не он, молока у нас сейчас было бы хоть отбавляй. Пару лет назад я выиграл конкурс на ярмарке штата: нужно было угадать вес козлёнка, и победитель мог забрать козлёнка себе. Я угадал вес правильно, но папа не разрешил мне забрать козла домой. А если бы я козла забрал, то сейчас в любое время мог бы получить стакан молока.

Вчера вечером мама нашла в морозилке пшеничные лепёшки и приготовила их на ужин, но у них был какой-то странный привкус, поэтому я есть их не стал. Мама сказала, что я должен ЧТО-НИБУДЬ съесть, и на второе я съел кетчуп.

шлёп

Мэнни, похоже, ничего не имел против пшеничных лепёшек, но со своей любимой приправой он может съесть ВСЁ ЧТО УГОДНО. Когда у нас жил Пупс, он грыз мебель, поэтому мы стали опрыскивать её одной штукой под названием «Горький яблочный спрей» — вкус этого спрея собаки не выносят.

ФУ!

Горький
яблочный спрей

По какой-то непонятной причине Мэнни ОБОЖАЕТ вкус «Горького яблочного спрея» и до сих пор прыскает его практически на всё, что собирается съесть.

Кстати, о Пупсе: я был так голоден, что всерьёз подумывал о том, чтобы съесть собачье лакомство, которое нашёл в кладовой.

Но мама сказала, что еду для собак и для людей готовят по разным стандартам, и это удержало меня от того, чтобы их съесть. Удержит ли меня это в следующий раз — не знаю.

Не могу поверить, что я здесь умираю от голода, а Пупс живёт у бабушки припеваючи на всём домашнем.

В том, что мы остались без еды, я должен винить только себя. За неделю до Дня благодарения у нас было полно консервов, но я почти ВСЕ их отнёс в школу, когда там собирали продукты для нуждающихся.
Я избавлялся от своей самой нелюбимой еды — сладкого картофеля и свёклы.

Уверен, что сейчас тот, кому достались забракованные нами продукты, над нами посмеивается.

Я задумался, имеет ли питательную ценность зубная паста, и тут вспомнил, что в ящике моего письменного стола ЛЕЖИТ кое-что съедобное.

Когда папа не разрешил мне принести домой козла с ярмарки штата, мама купила мне огромный леденец, чтобы мне было не так обидно. Я лизал его всю осень.

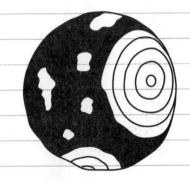

Если у нас в доме совсем ЗАКОНЧИТСЯ еда, думаю, этот леденец поможет мне продержаться хотя бы неделю.

Сегодня вечером отключили электричество, а через пару секунд снова включили. Мама сказала, что электропровода сильно обледенели и в один прекрасный момент мы можем остаться без электричества.

Она сказала, что, если это произойдёт, нам нельзя будет открывать дверцу холодильника, чтобы продукты не разморозились и не испортились. Ещё она сказала, что нельзя будет открывать входные двери, чтобы сохранить тепло внутри.

Мэнни СТРАШНО расстроился, а когда он чем-нибудь напуган, то прячется у себя в комнате. Однажды, когда Мэнни был поменьше, я сказал ему, что у нас в подвале живёт ведьма, и здорово его напугал. Он исчез, и мы нашли его только через несколько часов — в ящике с носками.

Мама оказалась права насчёт электричества: через пятнадцать минут после её предсказания свет отключили и больше не включали. Она попыталась позвонить в энергетическую компанию, её мобильник разрядился. Каждый час столбик термометра падал на два-три градуса, и нам пришлось забраться под одеяло, чтобы не замёрзнуть.

Мэнни сидел в своей комнате, и я знал, что он
до смерти напуган. Я и сам начал волноваться.

Когда ты привык жить с электричеством, а потом
вдруг остаёшься без него, очень легко одичать.
Без телефона и телевизора мы оказались полностью
отрезанными от внешнего мира.

Мне было бы намного спокойнее, если бы нашу
улицу расчистили от снега — тогда у нас хотя бы
появилась связь с цивилизацией. Но я уверен,
что снегоуборочная машина приедет на нашу улицу
в последнюю очередь, поскольку каждый раз,
когда она появляется на нашем холме, водителя
атакуют из засады.

Смысла бодрствовать, на мой взгляд, не было никакого, поэтому я отправился спать, а через пару минут ко мне присоединился Родрик.

Холодрыга стояла жуткая, и я вспомнил рассказ, который прочитал в одном журнале, — о том, как два мальчика оказались на необитаемом острове и были вынуждены спать в одном спальном мешке, чтобы согревать друг друга своими телами.

Я посмотрел на Родрика и на секундочку задумался, но в итоге решил, что чувство собственного достоинства мне дороже жизни.

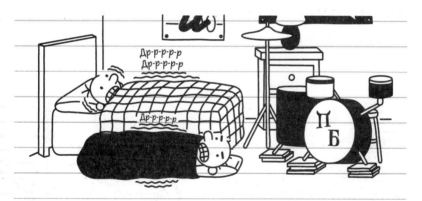

Я могу сказать только одно: лучше тюрьма, чем ЭТО. В тюрьме вам, по крайней мере, гарантирована тёплая камера и трёхразовое питание, поэтому, когда полицейские вернутся, я с радостью с ними отправлюсь.

Вторник

Проснувшись сегодня утром, я понял, что опять умудрился потерять своего Умелого Друга, но я не сильно расстроился. Вчера я очень радовался, что воссоединился со своим пупсом, но найти общий язык оказалось нелегко.

Сегодня утром я заметил, что снегопад почти прекратился, но электричества нам так и не дали, и мама сказала, что, пока снег не растает, нам придётся адаптироваться к новым условиям.

Она сказала, что я уже несколько дней не принимал душ и больше не могу ходить, как «дикарь». Я пообещал маме, что, как только нам дадут электричество, я буду принимать ванну ДВА РАЗА в день, но она заставила меня отправиться наверх и принять душ.

Вода была ледяная, а единственным полотенцем, висевшим в ванной, мама пользовалась вчера. Поэтому мне пришлось вытираться марлей, которую я нашёл в тумбочке под раковиной.

Одевшись, я услышал стук в парадную дверь. Я подумал, что это, наверное, полицейские пришли забрать меня в тюрьму, и у меня всё поплыло перед глазами. Но, выглянув в окно, я увидел, что на крыльце стоит РОУЛИ и что-то держит в руке.

Я решил, что Роули пришёл нас СПАСТИ, и открыл ему дверь. Он сказал, что принёс нам рождественское печенье, и спросил, не хочу ли я пойти на улицу поиграть. Я сказал, что у него НЕ ВСЕ ДОМА, и спросил, как его семья выживает без электричества, а он на это только захлопал глазами.

Роули сказал, что у них в доме есть электричество, и у всех соседей по нашей улице оно есть. И правда, в окнах соседних домов светились рождественские огоньки.

Роули спросил, не хочу ли я слепить снеговика. Я захлопнул дверь, успев прихватить несколько печенек.

Я передал маме, что сказал мне Роули насчёт электричества, и она велела мне спуститься в подвал и проверить щиток.

Когда я его открыл, то вот что обнаружил:

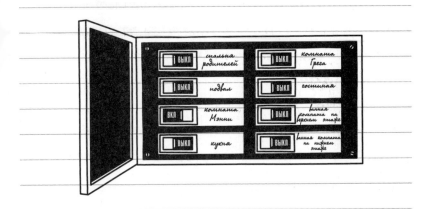

Электричество было ВКЛЮЧЕНО только в комнате Мэнни.

Я бросился наверх и открыл дверь в комнату Мэнни —
меня обдало теплом. Мэнни сидел у себя в комнате:
рядом стоял обогреватель, лежала провизия и ещё ЦЕЛАЯ
КУЧА всяких вещей.

Когда дела наши стали совсем плохи, Мэнни, видимо, решил, что теперь каждый сам за себя. Думаю, он бросил бы нас умирать в ледяном доме, только бы ЕМУ хватило запасов, чтобы выжить.

Мама спросила Мэнни, почему он отключил электричество в других комнатах, и он начал вопить, что отключил его потому, что его никто не научил завязывать шнурки.

Пока мама разбиралась с Мэнни, я спустился в подвал и включил свет в других комнатах. У нас снова было электричество, и снова работал паровой котёл.
Через несколько минут позвонил папа. Он сказала, что шоссе расчистили от снега и он едет домой.

Я выглянул в окно и увидел, что на наш холм поднимается снегоуборочная машина.

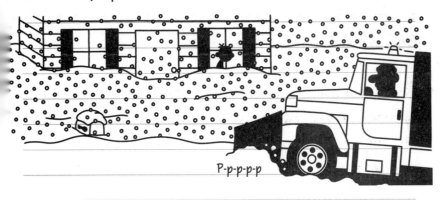

Р-р-р-р

Мама сказала, это настоящее «чудо», что в сочельник папа будет дома, а я, по правде говоря, совсем забыл, что сегодня сочельник.

Папа купил по дороге еды, и мы набросились на неё, как стая голодных волков. И вот что я вам скажу: больше я уже никогда не буду относиться к еде, как к чему-то такому, что всегда можно взять в холодильнике.

Мама сказала, что они с папой пойдут поищут, не открыт ли где-нибудь в округе магазин, где можно купить очки.

Перед уходом мама попросила меня отнести
в полицейский участок подарок для благотворительной
акции и положить его в бак, который стоит на улице,
поскольку сегодня был последний день, когда можно
было отдать свой подарок.

Но мне не очень хотелось светиться возле полицейского
участка и ТЕМ БОЛЕЕ не хотелось встретить Рождество
в тюрьме. Но я понимал, что, если не отдам наш подарок, то огорчу какого-нибудь ребёнка, поэтому я нашёл
в шкафу лыжную маску и отправился в путь.

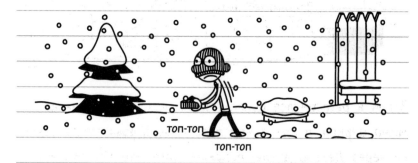

К полицейскому участку я шёл целую вечность, а последние двадцать метров, отделявшие меня от бака, одолел
ползком, — перестраховался на всякий пожарный.

Увидев, что путь свободен, я встал и бросил подарок
в бак для подарков.

Затем я развернулся и направился домой. Но, проходя
мимо церкви, я кое о чём вспомнил. Я ведь подал заяв-
ку через Дерево даров: попросил того, кто получит мой
конверт, оставить мне немного денег под мусорным
баком, который стоит за церковью.

Стоянку возле церкви замело снегом. Я был уверен, что мусорный бак находится где-то за церковью, заваленный снегом, но не знал точно — где.

На моё счастье, у стены стояла лопата, и я стал копать, чтобы отыскать мусорный бак. Но там, где я рассчитывал его найти, его не оказалось, поэтому мне пришлось расчистить ПОЧТИ ВЕСЬ участок.

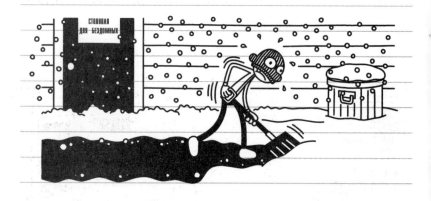

Жаль, что к задней стене церкви не был подсоединён шланг, — работать было бы проще. Конверт был нужен мне позарез — ведь если я ударюсь в бега, мне понадобится толстая пачка денег, чтобы продержаться первые несколько недель.

Мусорный бак я в итоге нашёл, но конверта под ним не оказалось.

Домой я возвращался расстроенный и совсем забыл о маскировке. Поэтому полицейские, подкатившие следом за мной к дому, застигли меня врасплох.

Я решил, что они приехали за мной, вбежал в дом и запер дверь. Но, когда полицейские постучались, Родрик им открыл.

Я хотел было выпрыгнуть в окно, выходящее во двор, и удрать, но, слава богу, этого не сделал, а то бы выглядел полным идиотом. Как выяснилось, полицейским был нужен вовсе не я. Они просто собирали подарки для благотворительной акции.

Я подумал, что, возможно, они блефуют, что благотворительная акция — лишь предлог, чтобы выманить меня из дома. Наконец я набрался храбрости и подошёл к парадной двери. Я даже прихватил кое-что в качестве дара и старался держаться как можно естественнее.

Полицейские сказали, что не могут принять
в дар старую игрушку, что они берут только новые,
в магазинной упаковке. Мне кажется, их немного
напугал мой Умелый друг, поскольку они тут же
поспешили удалиться.

Рождество

Когда сегодня утром я проснулся, то долго не мог
поверить, что наступило Рождество, что я не скрываюсь
от полиции, а нахожусь у себя дома, где тепло
и светло.

Я спустился в гостиную посмотреть, лежит ли что-нибудь
под ёлкой, и страшно возмутился, когда не увидел
под ней НИ ОДНОГО подарка.

Сначала я решил, что всему виной Скаут Санты:
он разболтал о злополучной истории, в которую я недавно
попал. Но через пару минут спустилась мама
и сказала, что Санта БЫЛ у нас этой ночью и оставил
подарки в гараже.

Мама сказала, что из-за снегопада у Санты изменился
график: ему не хватило времени, чтобы упаковать
подарки, и он положил их в мешки для мусора.
Поведение Санты показалось мне странным,
но я почувствовал облегчение при мысли о подарках.

Спустились остальные члены моей семьи, и мама сказала,
что мы можем поиграть в увлекательную игру: опускать
руку в мусорный мешок и угадывать, что за подарок нам
достался.

Игра, конечно, на любителя. Но папа, наверное, очень обрадовался, что ему не придётся убирать обёрточную бумагу.

После того, как я разобрался с подарками из мусорного мешка, мама протянула мне подарок в обёрточной бумаге и сказала, что это от НЕЁ.

Подарком оказался мой графический роман «Башня друидов», и это слегка меня озадачило. Мама сказала, ей стало совестно, что она подделала автограф Кэнни Сентаццо, поэтому пару недель назад она выяснила, где будет проходить его очередная встреча с читателями, и попросила его подписать мне книгу — на этот раз никакого обмана с её стороны.

Она сказала, что отстояла в очереди три часа, и всё для того, чтобы сделать мне приятное.

Но, судя по новой надписи на моей книге, Кэнни Сентаццо неправильно расслышал моё имя.

Моему самому преданному поклоннику, Крэйгу

Кэнни Сентаццо

Надеюсь, я сумею найти какого-нибудь богатого парня, которого зовут Крэйг и который обожает графические романы, и продать ему мою книжку за кругленькую сумму.

Родрик получил в подарок барабан и барабанные палочки, а Мэнни — кучу игрушек и кроссовки. Хотя вчера мама научила Мэнни завязывать шнурки, он, похоже, предпочитает, чтобы она делала это за него.

После того, как мы развернули все наши подарки, мама сказала, что пора идти в церковь. Я сказал, что мы не можем идти в церковь, поскольку у нас нет чистой одежды, — и тогда мама достала три последних подарка.

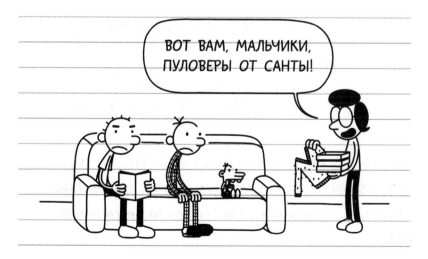

В Рождество я люблю ходить в пижаме: как только я наряжаюсь, у меня возникает ощущение, что оно закончилось. Поэтому я решил надеть пуловер и брюки НА пижаму, чтобы, как только мы вернёмся домой, продолжить встречать Рождество в том, в чём начал. Это было моей ошибкой: не стоило отправляться на двухчасовую службу в вельветовых брюках и пуловере, надетых на фланелевую пижаму.

Когда мы пришли домой из церкви, я поднялся наверх переодеться. В моих ботинках были лужи пота, и я вылил их в раковину.

плюх

Спустившись в гостиную, я увидел на кухонном столе газету и на первой полосе прочитал вот что:

Дейли Геральд

Неизвестный герой расчистил путь

Альтруистический поступок открыл двери в столовую для бездомных

Снегопад, парализовавший город и работу многих коммунальных служб, мог оставить толпы обездоленных без горячего обеда, на который эти несчастные рассчитывают получить в Рождество. Но неизвестный подросток, расчистивший в сочельник дорожку к церкви, сумел это предотвратить.

См. «ТАЙНЫЙ ПОСТУПОК» стр. 2

Вообще-то в газете рассказали эту историю немного не так, как было на самом деле, но я не в обиде. Эта статья вдохновила меня на выпуск нового номера «Местного сплетника». Уверен, мы продадим ВЕСЬ тираж.

Местный СПЛЕТНИК

Герой снимает МАСКУ!

Эксклюзивная новость от «Сплетника»! Загадочный герой, расчистивший в сочельник дорожку к церкви, — это не кто иной, как наш главный редактор Грег Хэффли.

«Мне просто захотелось совершить какое-нибудь доброе дело», — сказал Хэффли, когда его спросили, почему он решил

См. Герой стр. 2

223

БЛАГОДАРНОСТИ

Спасибо всем учителям и библиотекарям, благодаря которым мои книги попадают в руки детей.

Спасибо моей прекрасной большой семье за смех и любовь. Вы необыкновенные, и я считаю, мне крупно повезло, что вы у меня есть.

Спасибо всем сотрудникам издательства «Абрамс» за то, что благодаря вам я осуществил свою мечту стать карикатуристом. Спасибо моему редактору Чарли Кочману — человеку, бесконечно преданному своему делу, и Майклу Джейкобсу за то, что помог «Дневнику слабака» набрать огромную высоту. Спасибо Джейсону Уэллсу, Веронике Вассерман, Скотту Ауэрбаху и Чаду У. Бекерману. Это было увлекательное путешествие, и я очень рад, что моими попутчиками оказались именно вы.

Спасибо Джессу Бральеру и невероятно талантливой команде сайта «Poptropica» за ваше терпение и понимание в непростые рабочие моменты, а также за ваш энтузиазм, благодаря которому вам удаётся создавать великолепный контент для детей.

Спасибо Сильви Рабино, моему потрясающему агенту, за поддержку, вдохновение и наставничество. Спасибо Карле, Элизабет и Нику из телекомпании «Fox». Также спасибо Нине, Брэду и Дэвиду, благодаря которым Грег Хэффли обрёл экранную жизнь.

ОБ АВТОРЕ

Джефф Кинни — разработчик и дизайнер онлайн-игр, а также автор книги «Дневник слабака», бестселлера №1 по версии газеты «New York Times». Журнал «Time» включил Джеффа в список ста самых влиятельных людей мира. Джефф также является создателем сайта «Poptropica.com», который назван «Time» в числе пятидесяти лучших сайтов. Детство автора прошло в Вашингтоне, округ Колумбия, а в 1995 году он переехал в Новую Англию. Джефф живёт в южной части штата Массачусетс с женой и двумя сыновьями. В мае 2015 года Джефф и его жена Джули открыли в городе Плейнвилл книжный магазин «An Unlikely Story» и кафе при нём.